むつかしきこと承り候

公事指南控帳

岩井三四二

集英社文庫

目次

むつかしきこと承り候　公事指南控帳

不《ふ》義《ぎ》密《みつ》通《つう》法《はつ》度《と》の裏道

一

教えられたとおりに大川端《おおかわばた》へ出て、長さ百十間《けん》（約二百メートル）もあるという永代橋《えいたいばし》をわたった。さらに小さな橋をふたつ越え、立派な一ノ鳥居をくぐって門前仲町《もんぜんなかちょう》まで来た。

春とはいえまだ風は冷たい。おきせは袖に手を突っ込んだ姿で天竺屋《てんじくや》を探したが、見つけることができず、一度は富岡八幡《とみがおかはちまん》さまの前まで来てしまった。

八幡さまの参道は広く、まずまず人通りも多いが、薬屋はなさそうだ。どうやら一本裏の通りらしいとにらんで横丁から裏手へまわった。こちらの通りはうら寂しく、三日前に降った雪が軒下に積もったままになっている。並んでいる店も、どこかうらぶれた感じだった。

通りの端まで行ってようやく天竺屋の下げ看板を見つけた。間口二間ほどの小さな薬屋だが、奥行きは案外とありそうだ。

――ここね。

店の軒先からは「延寿草《えんじゆそう》」や「金勢丸《こんせいがん》」、「希応丸《きおうがん》」といった有名な薬の名を書いた紙が垂れ下がっていた。「百合水《ゆりみず》」といった化粧水もあるところなど、ふつうの薬屋に見える。店先や土間は掃き清められていて、入りにくいということはない。だがいざ入るとなると、足が動かなくなった。

本当に信用できる人なのだろうか。大切な話をしていい人なのだろうか。一時《いっとき》の勢いでここまで来たが、もっとよく考えてからにしたほうがいいんじゃあないの。

しかしせっかく寒い中を牛込《うしごめ》から来たのに、このまま帰るのも癪《しゃく》だし……。

店の前で迷っていると、中からひょっこりと女が出てきた。三十前と見える細身の女だった。少々目がきついのが難だが、色白の小顔でなかなかの美人だ。黒い前掛けの端に白い粉がついているのは、中で薬作りでもしていたのだろうか。

おきせと目があった。

女は柔らかく微笑《ほほえ》んでおきせを誘うように小さく首をかしげ、

「ご用でしょうか」

と声をかけてきた。何と答えようかと口ごもっていると、

「お店に？　それともうちの人に？」

女は万事呑《の》み込んだように訊《き》く。

「……あ、ええ。たぶん、あんたのご亭主に」

返事を聞くと女は、

「どこから来なすったかえ」

と訊いてきた。これが合い言葉なのかと思い、教えられたとおりに、

「ずっと北のほうから」

と答えた。すると女はうなずき、

「ちょいとあんた、お客さんだよ」

と店の中に声をかけ、おきせに店に入るよう手招きした。

二

通されたのは、奥の八畳間だった。

南側に坪庭が見えて、その奥にさらに広い部屋があった。薬草のにおいがするのは薬屋だから当然だろうが、どうもにおいは店よりも奥の部屋から漂ってくるようだ。

部屋には背丈ほどの棚があり、秤《はかり》と薬研《やげん》がおいてある。薬研の横には、赤い液体が入った硝子《ガラス》の細い筒を木の板にとりつけたものが立っていた。あれも薬屋の道具だろうか。

ほかに綴《と》じた冊子が十数冊もおいてあった。草紙本などではないことは、その厚さからわかった。ちらりと見えた書物の表紙にはむずかしい字がならんでいて、おきせには

「本草《ほんぞう》」の二文字しか読めなかった。

ははあ、薬屋だから本草か、と腑《ふ》に落ちたが、そもそも薬屋が出入師《でいりし》とはどういうことかと、ここへ来る前から不思議に思っていたことは謎のままだ。

時次郎《ときじろう》というのは、茶縞《ちゃじま》の綿入れを着た落ち着いた感じの男だった。店の奥の八畳間に、長火鉢を前にしてすわっていた。

「ふうん。口惜《くや》しくて夜も寝られねえってんですかい」

おきせの話に応える声は、あまり抑揚がない。

見れば髪は髷《まげ》の細い本多髷《ほんだまげ》で、形のいい鼻に削《そ》げた頰、上品な薄い唇をそなえた整った顔立ちだった。年のころは三十半ばといったところだろうか。役者といったら誉《ほ》めすぎだが、店先で見た美人のおかみさんとお似合いだと思った。

ただ、切れ長の目は愛嬌《あいきょう》があるとはいえないし、どこか子供っぽい光を宿しているようにも見える。

「ええ。もうどうしてくれようかと。本当は八つ裂きにしてやりたいんですけどね」

「それで、訴えたいと言いなさる」

「ええ」

おきせは勢い込んでうなずいた。

「でも、どうしたらいいかわからなくて。ここへ来れば万事差配してくれるって聞いて」

「なるほど。お上《かみ》に目安《めやす》（訴状）を差し上げるなんざ、生まれて初めてのことってんですかい」

時次郎の声はあくまで冷静だ。

「で、覚悟はありやすか。最後までお訴訟をやり遂げる覚悟は」

なんだか突き放したような言い方に、ちょっとむっとして顔を上げた。時次郎は浴びせるように言う。

「なにせ一旦はじまったら、とんでもねえことになるんだし」

「……そんなに大変？」

おきせは目をみはった。

「ま、目安に裏判《うらはん》をいただくだけでも、何度も何度もあちこちを回って、五十回くらい頭を下げる覚悟が必要でさ」

なぜ五十回も頭を下げるのかよくわからなかったが、大変なことだとは感じられた。

「それだけじゃねえ。お白洲《しらす》がはじまったらはじまったで、こちらも痛くもない腹をさぐられるわ、隠しておきたいことも言わなきゃならねえわ、呼び出されりゃあ商売をほうりだしてもお白洲に出なきゃならねえわで、べらぼうに疲れることになる。訴訟ってのはそんなもんで」

おきせは口をつぐんだ。

「どうします？　ここで決めやすか。それとも話だけして、また来なさるか」

時次郎は勧めるでもなく、やめろと言うのでもない。気のない態度に、おきせは迷った。

「とにかく、もう少しお話を……」

訴えて出たらどうなるのか、それを教えてもらいたいと思った。

「ようがす。ちと意見をしましょうかね」

時次郎は正面からおきせの目をのぞき込んできた。澄んだ目だった。おきせはその目を受け止めた。

「まず、なんの出入筋にするのか、それをはっきりさせなきゃいけねえ」

「出入筋……？」

「ああ、それも知らねえのか。そりゃ大変だ。もっとも、無理もねえことだが」

公事《くじ》には吟味筋《ぎんみすじ》と出入筋があって、おおよそのところ、吟味筋はお上が人殺しや盗みなどの調べを行うことで、出入筋とは金を返せとか証文が有効かどうかを争う公事だと言う。

「といっても出入筋でも人殺しを訴えて出ることもある。その場で誰が犯人かわからなくても、あとであいつが犯人にまちがいないと訴え出ると、人殺出入《ひとごろしでいり》ってことになる」

「だから、もしあんたの旦那が不義密通なんてしてなくて、半右衛門《はんえもん》とやらに殺されたと訴えて出るなら人殺出入になるし、殺されたのは仕方がないとあきらめて、半右衛門への売掛金を返してほしいと訴えるなら売掛出入になる。まずはそこの区別だあね」

「それは……、うちの人は不義密通などしていないし、殺されたと思っていますから……」

「人殺出入か。それだとむずかしいね」

時次郎は首をかしげた。

「ありゃあ一度、お調べの上でお裁きが下っているからな。それをひっくり返すとなると、よほど明白な証《あかし》がいるよ。そんなのあんた、あるかいね」

「……あるといえば……」

「あるのかい。それは証文か証人かい」

「……いえ。ただ、あたしの勘です」

勘以上のものもあるのだが、それは言えない。

「だったら、やめたほうがいいねえ」

時次郎は目を細め、天井を見上げた。そのようすを見ておきせは少しいらだちをおぼえた。

「人殺出入……」

「あんたの話だと、密通も疑わしいけどね。でもお調べはちゃんとされたんだろうし」

「いいえ。お調べはあったけど、とてもちゃんとなど、してません。岡っ引きが聞きに来たのは一度きりだし、そのあとすぐに相手がお構いなしになったとうわさが流れてきて、それっきりです」

「ありゃあずいぶん評判になったのに、そんな雑な調べだったのかい？」

時次郎が言うのも無理はなかった。おきせの夫は江戸中で驚かれるような殺され方をしたのである。

おきせの夫、長蔵《ちょうぞう》は古手《ふるて》（古着）問屋を営み、手代がひとり小僧もふたりいて、手広くとはいえないがまずまず堅い商売をしていた。ところが長蔵は、ふた月ほど前に取引先の滝田屋《たきたや》で、主人の半右衛門にその妻おすみとともに刺し殺されてしまったのである。

ふたりを刺し殺したあと、滝田屋の半右衛門は血まみれで自身番《じしんばん》に出頭したというから、ふつうなら人殺しの罪で半右衛門がお縄になり、お白洲に引き出されて打ち首の言い渡しを受け、小伝馬町《こでんまちょう》の牢屋敷《ろうやしき》で首が転げ落ちて一件落着するはずだった。

ところが半右衛門は罪とならず、しばらく町名主《まちなぬし》預りとなっただけで放免され、いまは以前と変わらずに古手屋をやっている。

それは半右衛門が、長蔵と半右衛門の女房、おすみが不義密通に及んでいたのを見て、ふたりとも成敗したと主張したからだった。お定めでは妻と不義密通した男を殺しても、殺した夫は罪とならないのである。

お上もそのあたりを調べた上で、長蔵とおすみは密通していたに違いないとして、半右衛門をお構いなしとしたのだ。

これはまことに珍しい事件だった。不義密通が露見することは多いが、通常なら殺しはせずに金を払わせて解決する。それなのに、武家ならばともかく町人が間男《まおとこ》と女房を成敗したというのだから、一時は江戸の町でもうわさになったほどだった。

そのうわさもふた月もたった今では収まっているが、収まらないのはおきせだった。

──うちの人は浮気なんかしていない。

そういう確信がある。女の勘というが、長蔵が通りがかりの女にちらりと目を走らせるのを見ただけで、何を考えているのかがわかるし、以前、古手屋仲間の寄合の流れで茶屋の酌女《しやくおんな》といちゃついてきたときなど、着物についた匂いでたちまち見破ってとっちめてやった。男なんて細かい隠し事はできないものだ。

そんな長蔵が素人女と密通をする仲になるまで、こちらの目を誤魔化しきれるわけがない。このところ長蔵はあやしげなそぶりを一切見せなかったし、女の匂いもまるでしなかった。浮気などしているはずがない。

それだけではない。滝田屋には古手を卸していたから、売掛が三十七両三分《ぶ》ある。手代に帳面を調べさせたら、売掛は年をまたいで滞っていた。この売掛が払えなくなって、滝田屋は密通にかこつけて夫を殺したのではないか。

おきせはそう考えていた。

お上にも話したのだが、岡っ引きは興味ありげに聞いてくれたものの、結果としては取りあげてくれなかった。あるいは滝田屋に鼻薬でも嗅《か》がされたのかもしれない。

その上、不義密通という大罪を犯して殺されたという汚名を着せられたために、店の得意先が離れてしまい、商売がふるわなくなった。ふたりの子供を抱えて、暮らしが立ち行かなくなるかという、まさに踏んだり蹴ったりの立場に置かれたのだった。

沈み込んでいたおきせに、天竺屋時次郎のうわさを教えてくれたのは、おちかという娘時代の友だちだった。

「とっても腕のいい出入師だって」

とおちかは言うのだ。

「出入師って……？」

「ほら、お上に訴えて出なきゃ埒《らち》があかないことってあるでしょ。悪いやつで、いつまでたっても借金を返さないとか、財産をだましとられたとか。そんなときに親身になって相談に乗ってくれるのよ。いよいよ訴え出るとなったら、御法度《ごはっと》の裏表を知っているから、指図どおりにやっていれば勝ち公事はまちがいないって」

「でも、そんな人って……」

「うん。裏の稼業みたい。お金もずいぶんとられるし。でも頼りになるみたい。なんだか不思議な人でね、飄々《ひょうひょう》としてつかみどころがないけど、言うとおりにしていればいいのよ」

おちかも商家に嫁いでいて、あるとき商いで騙《かた》りに遭いかけ、多額の金をふっかけられたが、時次郎の助けで切り抜けたという。

時次郎の素性はおちかもよく知らないようだった。馬喰町《ばくろちょう》あたりに多い公事宿《くじやど》の下《げ》代《だい》を長年つとめた男だとも、八丁堀《はっちょうぼり》の旦那だったのが、よんどころない事情で御家人《ごけにん》株《かぶ》を売って町人になったのだとも言われているとか。

もしその気があるなら、あんただけに教えてあげる、とおちかは例の合い言葉を教えてくれたのだった。

目の前にいるその出入師はたしかに飄々としているが、どうも煮え切らない。頼りになるのだろうか。

「じゃあ、訴えても無駄ってことですか」

おきせの言葉は次第に尖《とが》ってくる。

「無駄とは言わねえが、あんたの思うようには運ばねえと思うよ」

時次郎の返事に、おきせはため息をついた。

「みんな思い違いをしていなさるのさ。訴えさえすれば、すぐに勝訴になって金を取りもどせるとか、憎いあいつを牢屋にぶちこめるとか。そんなもんじゃないぜ」

　時次郎の声は高ぶりもせず低くもならずにつづく。

「たいへんな苦労をして金と暇を潰し、挙げ句の果てに金は取れず、お奉行からお叱りをうけて退散、てことになるかもしれねえ。その覚悟ができてるっていうなら、はじめて訴えて出ますかってことになる」

　覚悟……。覚悟はあるつもりだ。

　小さなころからおきゃんな娘と言われ、志摩屋《しまや》に嫁いでからも、あの店は女房でもつと言われたほど万事切り回してきた。

　そんな自分が、汚名を着せられたままでいるのは耐えられない。

「ま、あんたの話を聞いた限りじゃあ、人殺出入で訴えても、目安紅《めやすただし》ではねつけられるね」

「そうでしょうか」

「ああ。はっきりした証文か証人が新しく出てきた、っていうのでもないと無理だ。金を返せという売掛出入だったら、たぶん取り返せるだろう。それでいいならお助けしますがね。どうかな」

　時次郎に目をじっとのぞき込まれて、おきせは思わず目を逸《そ》らした。

「その……、売掛出入でも、うちの人のことを持ち出せるのでしょうか」

しばらく考えてから訊いた。

「というと?」

「お白洲の場で、あの男からうちの人を殺したときのことを聞きたいの。あたしが問い詰めれば、あの男のうそを暴けるかもしれない」

「そいつは筋違いだ。そもそも人殺出入だと本公事《ほんくじ》(一般の訴訟)、売掛出入だと金公事《かねくじ》(金銭がからむ訴訟)といって、目安も別々にしないといけねえ。ふたつを一緒に考えるのはよしたほうがいいと思うが……」

時次郎は首をひねった。おきせはつづける。

「少しでもおかしい話が出れば、お役人さまの前でしょう。もう一度吟味をしていただけるのではないでしょうか」

「まあ、出入筋から吟味筋へ変わることも、ないことはないがね」

「その望みが少しでもあるなら、やります」

おきせは時次郎の目を見返した。一瞬、時次郎の目と斬り結んだ。

「わかった。覚悟を決めたようだね」

おきせの視線を逸らさず、時次郎はうなずいた。

「あんたは知っているかどうか知らねえが、密通を裁く定法《じょうほう》ってのも、ちと不思議なものでね」

ひとつ頭をかくと、時次郎は話しはじめた。

「ありゃあけっこう罰が厳しくて、ひとの女房に言いかけてふたりでしっぽりと濡《ぬ》れるとなりゃ、ふたりとも死罪ってのがお定めだ。露見してお白洲に出ると、人の命がかかっているから吟味筋になるのは当たり前だが、ほかの吟味筋と違うのは、お上が内済《ないさい》を勧めることだ」

「内済って？」

「お上があいだに立って、女房を寝取られた馬鹿亭主に、寝取った色男がいくらか払って済みにするってやつさ。吟味筋ってのは内済をしないのが決まりなんだがね。つまり、吟味筋なのに内済を認めりゃあ、人を殺したのに金を払って無罪放免ってことになるからね。だがひとの女房を盗んでも、金を払えば済むってことになってる」

「七両二分ですね」

「そうだ。それが相場だ。だけど一方では、亭主が間男を殺してもお構いなしって決まりもある。『密通の男女共に夫殺し候《そうら》わば、紛れ無きにおいては構い無し』って御定書《おさだめがき》にあるからな」

「あの……。御定書って？」

「ああ、知らないのも無理はない。お上のほうで作っている覚書で、この罪にはこれだけの刑を科す、と決めたものさ。表向きはお奉行しか見られない内密のものとされてるけど、いまじゃ公事宿に写しがあるし、町名主なんかみんな知ってるぜ」

おきせはうなずいた。

「これも不思議な決まりでね、ふつうの盗みや傷害沙汰だったら仕返しすれば両成敗になるだろ。敵討《かたきう》ちなら親や主人が殺されてなきゃならねえ。ところが間男成敗なら、ただ女房を寝取られたってだけで、女房と間男とふたり殺してもお構いなしってんだから、ちょっとほかの罪科《つみとが》と差がある」

「……はあ」

「なんでそうなっているかというと、これにゃあ謂《いわ》れがあってだな、その昔、京の都に幕府があったころに、京都五条《ごじょう》烏丸《からすま》の斯波《しば》氏家来、小原ってのが、妻に間男をしていた赤松《あかまつ》家の家来、神沢ってのを討ってだな……」

赤松だの斯波だの、たがいに合戦《かっせん》におよんだだの、講談や芝居に出てくるような話を、時次郎ははじめた。そこに「法理」だの「法源」だのといった言葉が挟まる。どうやら昔、間男成敗の法律ができることになったいきさつを説明してくれているらしい。要するに相続の問題がかかわるから、重大になるのだと。

半ば呆《あき》れながら、おきせはおとなしく聞いていた。そしてひとくさり語り終えた時次郎に、

「それだけ公事にくわしいのに、薬屋さんってことは、薬にもくわしいんですか」

と、ちょっと失礼かもと思いつつきいてみた。もしかすると、薬屋は世間から隠れるために形だけやっているのかと思ったのだ。すると時次郎はにやりと笑って答えた。

「いや、薬屋は、好きでやってるんだ」

「好きで？」

「餓鬼のころ手習いに通った寺の和尚《おしょう》が本草学が好きでね、おれに手ほどきしてくれたのさ。それ以来、本草学が好きになってね。で、薬ってのはつまるところ草や木なんかを煎《せん》じたものだから、薬屋には本草学がそのまま役に立つのさ」

「はあ……」

公事やお定めにくわしいだけでなく、薬草にもくわしいとは。そんな男もいるのかと、毒気を抜かれた思いでいると、

「口惜しくって夜も眠れないなら、いい薬をあげましょうかね。夜、どきどきするってのには、竜骨《りゅうこつ》と牡蠣《ぼれい》が効くんだ。すっとするよ。もちろん、お代は別だがね」

とすすめられた。

「ああ、今日は、い、いいです」

おきせは手をふった。この男を信用しないわけではないが、そんな気になれなかった。

すると時次郎は、

「じゃあ、おれの手間賃は訴えた金額のふたつ（二割）だ。三十七両三分ならおよそ八

両になるところだが、まず手付けとして四両持ってきてくれたら、話をはじめよう。残りの四両足らずはお裁きがついてからでいい。ああ、不義密通のほうこそ何とかしたいってのも、わかってるから」

と表情も変えずに告げて、話を締めくくった。

三

二ヶ月後——

おきせは家主《いえぬし》の吉兵衛《きちべえ》、町名主の源左衛門《げんざえもん》とともに、北町奉行所の公事人腰掛《くじにんこしかけ》（待合所）で呼び出しを待っていた。

いよいよ滝田屋半右衛門とお白洲で対決となるのである。

「こりゃまた待たされるね。弁当を持ってくるんだったな」

源左衛門がこぼす。朝早くに来たのに、もう陽《ひ》が高くなっている。

「本当にすみません。迷惑ばかりおかけして」

おきせは頭を下げた。訴えると決めたあと、この老人には世話になりっぱなしだった。

「なあに、これも名主の仕事だからよ、遠慮はいらねえ。むしろべっぴんさんと半日もいっしょに過ごすなんて、役得ってえもんだ」

「やだ、べっぴんだなんて」

おきせは娘のように袖でぶつ仕草をした。源左衛門はへっへと笑っている。口は軽いが親切な老人で、本当に助かっていた。

「ま、たまにゃあこういうのもいいさね」

家主の吉兵衛も相づちを打つ。こちらもいい年をしたおっさんだが、まだ源左衛門ほど枯れていないのか、おきせを見る目がどうも粘っこい。

家主には日当を払っているし、それにここへ来るまでにさほど協力してくれなかったという思いもあり、おきせはただ軽く首をすくめるのにとどめた。

「まずは相手方と話し合いをしないといけねえ。それも町名主をまじえてな」

と時次郎は教えてくれた。金の出入りは本来、当人同士で解決すべきものだから、まずはよく話し合え、当人同士で解決できなければ家主を入れて、なお話がつかなければ町名主を入れて話せ、それでも駄目だった場合だけ奉行所に訴えてもよい、というのがお上の考えだというのだ。

滝田屋とはあの事件以来、話はしていない。

そこでまず手代に掛け合いに行かせたところ、けんもほろろに追い返されてしまった。

「冗談じゃねえ。金をもらいたいのはこっちだ、女房を寝取った男の店に金など払えるか、どの顔《つら》下げてこの家の敷居をまたいだ、とそれはおそろしい剣幕で」

と青ざめて帰ってきた手代は言う。

そこで家主の吉兵衛に頼んで、滝田屋の家主に掛け合ってもらった。おきせの志摩屋は問屋といっても自分で地所を持つほどの大店《おおだな》ではなく、借家なのである。

家主同士で話し合っても、商売の話であり、解決するはずがないことはわかっている。それでも家主に行ってもらうのは、払わなければ訴えますよという意思表示である。案の定、むこうの家主は迷惑がるだけで、実のある話にはならなかった。

そこまで進めてから門前仲町をたずね、時次郎に告げると、

「そうそう、それでいい。何ならあんた、出かけて行って滝田屋と対決したらどうだい」

と勧められた。

「いいえ、問い詰めるならお役人さまの前で」

と返すと、

「気の強い人だねえ」

と時次郎は薄笑いを浮かべた。

そう。自分は気が強い女だ。謂れのない罪をかぶせられては黙っていられない。

「ところであんたの旦那が殺された件、ちょっと調べさせてもらったよ」

時次郎は言った。

「どうやら真っ昼間のことらしいね。滝田屋が出先から帰ってみると、奥の部屋でふたりが絡み合っていたから、かっとなって出刃を持ちだし、無我夢中でふたりを刺した、気がついたらふたりとも血まみれで事切れていたってね。滝田屋も、自身番に出頭したときは血まみれだったそうじゃねえか」

おきせは顔を伏せた。思い出したくない話だった。

「お白洲に出るとなりゃ、それくらい言われるのは覚悟するこった」

口調は冷たい。むっとするおきせにかまわず、時次郎はつづけた。

「派手にやった割に、お上にはあやしまれたようだね。あの密夫《みっぷ》成敗のお定めは、『紛れ無きにおいては』って断り書きがあるから、本当に密通だったと明かされなきゃあいけねえ。お上も、ただの殺しじゃねえのかって、ずいぶん手間暇かけて調べたみたいでね」

はっとした。そうだったのか。おきせは何も知らされていない。

「滝田屋も牢に入れられて、何日もかけて問われたらしい。だが当初の言い分を曲げなかったし、現にふたりは滝田屋の一室で殺されているだろ。それに志摩屋さんと滝田屋の女房が、親しげに話しているところをこの半年くらいで何度も見るようになった、と小僧が証言したこともあって、お上も密通だと認めるしかなかったようだね」

おきせにとっては初めて聞く話だった。よほど不思議そうな顔をしたのか、時次郎はつづけて説明してくれた。

「ありゃあ昔から決まりがあってね、『夫の家の中で、ふたりが一緒にいるところを同時に殺す』ってのが、密通が『紛れ無し』とされる条件なんだが、今回のはその条件のとおりに殺しているからな」

「じゃあ、滝田屋にうちの売掛があったってのは、お調べに出なかったんでしょうか。売掛が払えなくなったから、うちの人を殺したって考えられるでしょうに」

「そいつは知らねえが、たぶんお上もわかってはいるだろうよ。それでも密通のほうが重いとされたんだろうな」

おきせは肩を落とした。みな調べられて、それでもお構いなしとされたのか。それではいまから訴え出ても無理だろうか。

「だから、やむなく滝田屋を解き放ったんだよ、お上もな。いまでも滝田屋をあやしいとは思っているだろうよ」

「じゃ、じゃあ、こちらが訴えればまた調べてもらえるの？」

すがる思いでたずねた。だが時次郎は首を横にふった。

「やっぱりこれ、ひっくり返すのはむずかしいぜ。お上としたらもう調べは尽くしたってことだろうし、よほど確かな証人や証拠があるなら別だが。証拠がないとなりゃ、死人に口なしだ」

「でも、だからこそあやしいんです。別々に殺しておいて、あとでひとつの部屋に移したのかもしれないし」

「そうしたら殺した部屋に血の跡が残る。岡っ引きだってそのへんは見逃さない」

「でも……」

「ん？　どこがおかしいと思うんでぇ」

「うちの人、あの日は大熊屋《おおくまや》さんに、ああ、おなじ古手問屋仲間ですけど、大熊屋さんに七つ（午後四時）までに届け物をするって言って店を出たんです。滝田屋が自身番に届け出たのが八つ半（午後三時）だそうで。先の用があるのに途中でそんなこと、しますか」

「そりゃあ……」

　時次郎が面食らったような顔をした。

「それに滝田屋は夫婦仲が悪いようだって、うちの人は言ってました。おかみさん、愛想が悪くて茶も出てこないって」

　時次郎は黙った。あまり細かいことを言い過ぎたようだ。

「すみません。でも、本当にあの人は浮気なんかする人じゃないんです」

「どうしてそう信じていられるのかな。男なんてみんな浮気者だぜ」

　おきせはむっとした。あんたとは違う、と言ってやろうかと思ったが、すんでで思いとどまった。

「とにかく、うちの人はしていません」

そう言うと、時次郎はにやりと笑った。馬鹿にされたように思ったが、不思議と腹は立たなかった。

とにかく吉兵衛の尻を叩《たた》くようにして町名主の源左衛門を引っぱり出し、滝田屋のほうの町名主と渡りをつけるところまで来た。

町名主といえばずいぶんと偉い人で、屋敷の玄関に人を置いて役所として仕事をしており、ちょっとした揉《も》めごとなどもここで裁くことになっている。おきせは玄関で一から話をさせられた。しかし、

「こりゃあ、うちらの手に負える話じゃあねえな」

という結論にたどり着くのに時間はかからなかった。額は少ないが、なにしろ江戸中を騒がせた不義密通殺しがからんでいる。不義密通をした者は、その前に貸した金を取り返せるかという問題である。御法度がからむ話で、町名主に判断のつくことではない。となればお奉行さまに決めてもらうしかない。源左衛門が滝田屋のほうの町名主に話を通し、奉行所へ目安をあげることになった。

「ここまではなんとか漕《こ》ぎ着けた。さて、これからがむずかしいところだ。まずは目安札を通らねえと」

天竺屋をたずねてゆくと、時次郎は長火鉢の向こうで思案顔になった。

「目安には、とにかく去年以前からの滞りというのははずせねえ。それと相手方がまったく払う気がないってことも」

「……密通が関わってるってことは、書かないのですか？」

「まだ明かさないほうがいいだろう。すでにお裁きのついたことを蒸し返すのかと、目安を突き返されねえともかぎらねえ。まずはお白洲に出るのが先だ」

目安を出してもすぐにお白洲へ呼ばれるわけではなく、目安糺といって訴えの内容や目安の書き方を審査され、突き返されたり目安の出し直しを命じられる。そこで訴えをはねつけられたら、お白洲へは出られないという。

なるほどと思い、おきせは承知した。

「それと女が訴え出るときは、差添人《さしぞえにん》が必要だ。目安には家主さんが印形《いんぎょう》を捺《お》さなきゃならねえ。あんたは爪印《つめいん》だ。そのへん、名主さんはわかっていると思うがね」

町名主もご政道の末端に連なっているから、目安の書き方は心得ているという。

時次郎に言われたとおり、「乍恐《おそれながら》以書付《かきつけをもって》御《ご》訴訟《そしょう》奉《たてまつり》申上《もうしあげ》候《そうろう》」とはじまる目安は源左衛門のほうですべて調《ととの》えてくれた。そして吉兵衛についてきてもらい、奉行所で目安糺をうけた。一度書き直しを命じられたが、二度目にはすんなりと受けつけてくれ、相手方に出頭を命じるよう裏書きし、裏判を捺してくれた。

これで本目安となったのである。これを相手方に届けた。相手方は裏判のある目安を受けとったとの届け書と、目安を見た上での返答書を出す決まりである。そのあとも面倒な手続きがあったのだが、ともかく裏書きに指示された日が来て、いまおきせは奉行所に来ている。

ここへくるまでには、五十回は頭を下げただろうか。たしかに大変な手間がかかった。はじめに時次郎が言ったとおりだった。

だが、苦労の甲斐《かい》あってようやく夫の無実を晴らす日が来たのだ。負けてなるか、とおきせは心に期していた。

公事人腰掛には百人を超えるかという人がいたが、呼び出されてつぎつぎに消えてゆき、いまでは数十人になっている。相手方の滝田屋も端のほうにすわっていた。

「牛込水道町《すいどうちょう》売掛出入一件の者」

と呼び出しがかかったのは、もう昼になろうかという時分だった。そらきた、と源左衛門を先頭に白洲口をくぐった。そこは公事人溜《くじにんだま》りと呼ばれるところで、二、三組の訴訟人と相手方が呼び出しを待っていた。

さらに待つことしばし。やっと再度の呼び出しがあり、お白洲に出た。

お白洲は白練塀《しろねりべい》に囲まれた広い砂利敷きの庭で、正面の座敷に数人の物書同心《ものがきどうしん》が、左右にも巻羽織の蹲同心《つくばいどうしん》が控えていた。

源左衛門は慣れているのか、さっさと履き物を脱いで砂利の上を歩き、吉兵衛は緊張しているのか、顔を強《こわ》ばらせて後につづいた。

おきせも緊張しつつ白洲にあがった。同心にうながされて、正面に向かって左側にすわる。すると右側に滝田屋の一行がすわった。

座敷にすわるお奉行さまに頭を下げさせられ、面《おもて》をあげると、名前を問われた。答えるとすぐに目安が読みあげられる。みな静かに聞いている。

「訴訟人志摩屋きせ、なお申すことがあるか」

とお奉行さまから言葉があった。

「お奉行さまに申し上げます」

とおきせは、ここまで時次郎とともに練ってきた言葉を吐き出した。

「これは亡き亭主が残した売掛でございます。滝田屋はうちから古手を仕入れ、それを売りさばいておりました。しかしながら売掛が滞り、一年以上待っても払われなかったため、亭主はしじゅうこぼしておりました。しかも滝田屋は、うちへの支払いを遅らせているにもかかわらず店は繁盛して、仕入れをうち以外からするようになったのでございます」

おきせはそこでひと息入れた。お奉行さまはじっと聞いている。

「そこで亭主は、何度も売掛を払ってもらいたいと掛け合いました。それでも滝田屋は支払わず、挙げ句の果ては亭主を怒鳴りつけるようになったのでございます」

「これ、控えろ」

抑えた声がした。滝田屋が腰を上げかけたので、向こうの町名主が引き留めたようだった。

そのようすを目に入れながら、おきせはつづけた。

「亭主はそれでも辛抱強く掛け合いをつづけました。商売のことは商売のこと、お上の手をわずらわせず、自分だけで始末をつけようとしていたのでございます。ところが、亭主は滝田屋に殺されてしまいました。滝田屋は、自分の女房と不義密通をはたらいたから殺したのだとお上に申し上げ、無罪となってございます。ところがあたしには、これはただの言いがかりにしか見えません。売掛を払いたくない滝田屋が、気に入らない女房といっしょにうちの亭主を殺したに違いないのです！」

思わず声が高くなった。

おきせは奉行を見た。「つづけろ」というのか、奉行は顎《あご》をしゃくった。

「そのため売掛など払うつもりがありません。催促すれば、密通した咎人《とがにん》に払う金などないの一点張りで、話にもなりません。どうかお慈悲でもって、滝田屋に売掛を払うよう言い聞かせてください。それと、できますれば亭主殺しの一件、いま一度お調べいただきますよう、お願い申し上げます」

そう話し終わると、物書同心とその隣の与力がなにかひそひそと話を始めた。奉行は、

「密通をして殺された亭主が、じつは密通をしていなかったと申すか」

と訊いてきた。

「はい」

「なにか証拠があるのか」

「いえ、今すぐに出せるものは……。なにしろ滝田屋の中で起こったことですし」

「亭主のことは目安にはない。目安にないことを裁くことはできん。そこはわかっておるのか」

「はい。でも滝田屋が払わないのは、うちの人が密通したからだと言いつのる以上、うちの人はそんなことをしていないと明かさねばなりません」

奉行はうなずいた。

「わかった。つぎ、返答書を読め」

目安と同じように滝田屋の返答書が読みあげられる。滝田屋は、売掛などはないと主張していた。古手を仕入れたものの、質が悪くてすぐに返した、それなのに金を出せとは言いがかりもはなはだしい、と。

「滝田屋、言うことがあれば申せ」

奉行はおなじようにうながす。滝田屋は顔は赤く目はつり上がり、見るからにいきり

立っていた。

「申し上げます。志摩屋の言うことはまったくのでたらめにございます」

滝田屋は怒声をあげる。

「確かに一度は仕入れましたが、すぐに突き返しました。だから志摩屋の亭主が生きているうちには一度も催促されたことはありません。一年以上も滞っているなど、言いがかりもはなはだしいことにございます。ただの帳面のつけまちがいにございましょう」

今度はおきせが息を呑む番だった。帳面のつけまちがい？　なんてことを言うのか。そんなこと、あるはずがない。

「しかも相手はこちらの女房をだましすかして手込めにした男であって、この手で殺したものの、まだ収まりがつかぬくらいでございます。それを、ありもしない売掛を払えだの、売掛を払えないから殺しただの、どこを探せばそんな理屈が出てくるのか、まったく見当違いもきわまる訴えにございます。お奉行さまには、是非にあの者をお叱りおきくださるよう、お願い申し上げます」

滝田屋は真剣に怒っていた。おきせは怒るよりも先におどろいていた。なぜこんなうそをしゃあしゃあと言えるのか。この男には良心がないのか。人の皮をかぶった鬼なのか……。

言い分を聞いた奉行は首をかしげ、

「いろいろ食い違っておるな」

と言った上でおきせのほうを見た。

「志摩屋、売掛の証文はあるか」

「はい、帳面ならあります。売掛帳に滝田屋の認めが書いてあります」

おきせは勢い込んで答えた。

「ふむ。ならば滝田屋、われは古手を返したというが、その証拠はあるか」

「いや、それは……。返して終わりでございます」

滝田屋はむっとした顔で答える。奉行は重ねて問うた。

「なぜ売掛帳に書き込まぬ。認めを消さねばならんのは、わかっておったであろう」

「はあ、そこはいつものことで。つい……」

「ふむ。ないと申すか」

奉行はそこで追及をやめ、双方に告げた。

「わかった。今日はここまでじゃ。まずは引き取れ。追って吟味の日を伝える」

初公事合《はつくじあい》はこうしてあっさりと終わったが、五日後にふたたび呼び出され、今度は金《かね》岡惣右衛門《おかそうえもん》という吟味与力の下で対決があった。そこでも話は怒鳴り合いとなり、双方が金岡惣右衛門に叱られて物別れとなった。

四

対決の翌日、時次郎をたずねて首尾を告げたところ、

「あんたは運がいい」

と真っ先に時次郎は言った。

「金岡さまなら、切れるお方だ。仕事熱心でまじめなお方でもある。うまいこと滝田屋がぼろを出したら、すぐに吟味筋に切り替えてお調べなさるさ」

どうも時次郎は吟味与力をみな知っているような口ぶりである。

「でも……」

おきせは不安だった。

「滝田屋の強気が気になります。うそをついていて、どうしてあれほど強気になれるのか」

滝田屋のあの怒り方は、演技とは思えなかった。真実腹を立てた、と見えたのだ。

「そりゃあどうしても売掛を払えないから頑張っているのか、まちがって思いこんでいるか、うそをついていないか……」

時次郎はあくまで冷静な声で言う。

「うそをついていないということは、密通があったということですか」

「わからねえ。まちがって思いこんでいるのかもしれねえ。痛いところを突かれて怒ったのかもしれねえし」

「わからねえって……。大切なところでしょう。なんとかなりませんか」

「でも、滝田屋が怒っているなら、ちょうどいいじゃねえか。対決がそこに絞られる。あんたの思惑どおりだ」

「そうですねえ」

不安は不安だが、そう言われると希望も湧いてくる。

「吟味与力の旦那は、金公事の常道として内済をすすめてくるだろうが、これは滝田屋が争うつもりだから、内済にはならねえ。言い合いとなる。その中心は密通があったかなかったか、だな」

時次郎はしばし考え込むように目を天井にやった。

「しかし、そうは問屋が卸さねえ。密通がなかったとなると滝田屋は人殺しになるから、もし話が不利なほうへ行くように感じたら、売掛を払うと言い出すだろう。それでお調べは終わりになって、滝田屋は無罪放免だ」

「でも、売掛が払えないから殺したんですよ。滝田屋にそんな金、ありません」

「いまは払えなくても、切金《きりがね》（分割払い）という手がある。いっぺんに払わなくても、半年に一度、一両二両ずつ返していくから勘弁を、と言えばそれで通っちまう」

おきせは眉をひそめた。そんなことさせるものかと思う。

「そこを何とかなりませんか」

「お白洲に引きずり出したものの、滝田屋はいつでも内済で逃げられる。その手を使わせずに追い込むには……」

時次郎は顎を撫《な》でている。

「つぎで一気に勝負をかけるしかねえな」

「そんな手があるんですか」

おきせは勢い込んで訊いた。

「うーん。どこかにあったな」

頭を掻《か》いて立ち上がると、時次郎はうしろの箪笥《たんす》の引き出しを開けた。ごそごそと何か探していたが、やがて古い帳面を三冊持ちだしてきて、また長火鉢の前にすわった。

「さてと」

帳面をめくりはじめた。一枚一枚、口をへの字にしてじっと読んでいる。一冊目をめくり終わり、二冊目にかかった。

おきせはだまって見ているしかなかった。

やがて二冊目も読み終わり、三冊目にかかった。

「おかしいな。たしかにあったはずだがな」

とぶつぶつ言いながら読み進んでゆく。

おきせが首を伸ばしてのぞき込んでみると、帳面は昔の記録のようだった。日付があってその下に何々一件などと書いてある。お白洲で裁きのあった事件らしい。

「うん。これか」

帳面の一枚に指を当てて、時次郎が声をあげた。

「いや、昔、似たような一件があってね、そいつが役に立つはずだと思い出したんだが、どう片がついたか、うろ覚えだったんで調べてみたのさ」

と言いつつ額に手をあてて読んでいる。おきせははらはらしながら待った。

「ああ、やはりそうか……」

時次郎は帳面から顔をあげると、納得したように小さく何度もうなずいた。

「ど、どうでしょう」

おきせの問いに、時次郎は額に手をあててしばらく考え込んでいたが、

「まあ、やってみるしかないか」

とつぶやくと、ひょいと顔をあげて、

「旦那さん、いくつだったかね」

とたずねてきた。

「四十八です」

おきせは即座に答えた。

「持病は？　どっか悪かったとか」

「いえ、厄年もなにもなくすんで、ぴんぴんしてました」

「そりゃあ具合悪いな……」

時次郎は首をかしげる。亭主が元気でなにが悪いのかと、おきせはむっとした。

「こう、なにか癖があったとか、しょっちゅう薬を飲んでいたとかってのは？」

「癖は、ときどき貧乏揺すりをしてましたけど、それくらいで。薬は……、別に。でも、少し前から……」

そこでおきせは口ごもった。こんなことまで言わなければならないのか。

「少し前から、なんだい」

時次郎が突っ込んでくる。

「いえ、少し前から、碇草《いかりそう》やイモリの黒焼きを……」

「碇草にイモリの黒焼き……。そりゃあ、精をつけようってのか」

「……ええ」

「ふうん。そりゃまたなんで」

「なんでって……。決まってるでしょう。そんなこと、言わせるんですか」

「いや、言ってもらわねえと、こちとらもなにも言えねえんだがね。大切なところだ。はっきり聞かせてくんな」

少し迷ったが、おきせは意を決して、

「じつは……」

と正直に話した。

「へえ、そうなのか」

と時次郎は格別に興味も示さず、あっさりとひきとった。

「……あの人が密通なんかしていないって断言できるのは、それもあったんです」

「なるほどね。よくわかった。それならますます効き目があるな。じゃあ、つぎのお白洲で、こう申しあげるんだ」

とある智恵を授けてくれた。

しかしそれを聞いた途端、

「そんな！」

おきせは思わず叫んだ。いくら訴訟とはいえ、そんなことを言わなければいけないのか。

「あたし、言えません、そんなこと。それは、うそ……。いいえ、うそでもない……。うーん、だめ、とても言えません。恥ずかしくて……」

時次郎の言うとおりにお白洲で申しあげる自分の姿を想像するだけで、顔が赤くなってしまう。

「でも効くと思うよ。とくに金岡さまなら、ちゃんと聞いてくれるはずさ。ほかの、のらくら与力じゃどうかわかんねえが」

時次郎はあっけらかんと言って、

「ま、お白洲の場なんて、うそとまことのすれすれのところで化かし合い、ってところもあるのさ。女房のあんたが言うなら、誰もうそだとは言えないし」

と、さかんにすすめる。

「そもそも密通の件は一度お構いなしになってるからね、そいつをひっくり返すのは、はなから無理があるのさ。無理を通すにゃあ、こっちもちっと気張らねえと」

時次郎は憎らしいほど落ち着いている。おきせの当惑をまるで気にしていない。本当につねってやりたくなるほどだ。

おきせは身をよじった。無理を通さなければならないのはわかっているが、それはちょっとひどすぎるのではないのか……。

「まあ、これを申しあげたからといって直ちに調べ直しになるとはかぎらねえが、滝田屋を追い込むことはできる。場合によっちゃあ、滝田屋が自分から公事を投げ出すかも知れねえ。急所を突く一手だよ」

時次郎が自信ありげに言うので、おきせはしぶしぶうなずいた。だが、このままではお白洲の場で言いだす自信がない。

「いや、あんたがつらいのはわかるさ、でも旦那のためだと思ってさ、堪《こら》えるんだね」

これで万事解決、というように時次郎がすすめる。

「ああ、そうそう。ちっとばかり小道具も揃《そろ》えたほうがいいな。碇草やイモリの黒焼きは残ってるかね」

「いえ、片づけました」

「じゃあ……」

時次郎は腰をあげると、奥の部屋へ行き、なにやら紙包みをもってきた。

「これ、家の奥においときな。きっと役に立つと思うよ」

これはヤツメウナギ、これは鱶《ふか》の肝で煎じて飲むもの、これは……、と時次郎が淡々と説明するのは、みな精がつくとされているものばかりだ。

「極めつきは、これだな。ソツピルマ」

硝子瓶に入った液体を示して言う。

「え、そ、そつ……」

「ソツピルマ。オランダ渡りの薬だ。ちょいと強いから、ためしに飲むなんて真似《まね》はしちゃあならねえ。じつは下《しも》の方の病に効くんだが……。家においとくだけにしときな。

終わったら返してもらうから」

オランダ渡り……。おきせは時次郎の顔を見てまばたきするばかりだった。

「あ、それとこれももっていきな。なに、あとで返してくれればいいから」

と、棚の上にあった薬研と乳鉢《にゅうばち》まで風呂敷に包み、おきせの前に差し出した。

おきせはあきれたが、それ以上は逆らえず、「考えてみます」といって、風呂敷包みをもって天竺屋を出た。

帰りの道々、本当にあの人のためになるのだろうかと、おきせは考え込んでしまった。

五

三度目の対決は、十日後に行われた。

おきせはまだ迷っていた。すすめられたとおりにすべきなのかどうか。

「双方、話はついたか」

金岡惣右衛門にまず訊かれた。時次郎が言うとおり、内済を強く勧めてきたのである。

だが双方共に話などつけるつもりもない。黙って首をふるのみだった。

「仕方がない。では吟味をつづける。滝田屋、古手を返したという証文がなければ、われの負けじゃ。どうしても証文は出ぬのか」

「申し上げます。証文をとっていなかったのは私の手抜かりでございます。しかしながら本来死罪になる罪を犯した者に払う必要などありましょうか」

「またそれを言う。志摩屋にお裁きが下りて追放となれば家財取上ゆえ、売掛もなくなる道理じゃが、そんなお裁きは出ておらん。それに志摩屋はおまえが殺したのであって、死罪にはなっておらん。家財取上にもならん。勝手に罪を決めるではない」

「ですが……」

「払わねばならぬ。志摩屋と話し合え」

そうきつく言い置いてから、金岡惣右衛門はおきせを見た。

「志摩屋、滝田屋には払わせてやる。どう払うか、話し合え」

「ありがとうございます。ですが……」

おきせが言い終わらぬうちに滝田屋が声を張りあげた。

「お言葉ですが、私は品物をもどしましたし、相手は不義密通を犯した悪いやつです。そこをお考えいただき、売掛金からいくらかさっ引いていただくよう願います」

悪いやつと言われて、おきせははっとした。

「ふむ、さっ引けば払うと申すか」

金岡惣右衛門は滝田屋のほうを見た。

「はあ。まずいくら我慢しても、半分、いや三が一にはしてもらわないと、こちらの腹が収まりませぬ」

滝田屋は当然だと言わんばかりだ。

「なにせ返した品物まで払えと言いやがるし、前からうちの女房にへんな色目を使いやがるし、気味の悪い野郎でしたぜ。そこらへんも勘定にいれてもらわねえと」

うそだ。うそばっかりだ。古手は返してもらっていないし、あの人が滝田屋の女房に色目を使ったなんてありえない。おきせは怒りで胸が熱くなった。

「返した古手の分がざっと二十両、それに迷惑料として七両二分。それだけさっ引いていただけりゃ、払いますぜ。それでも盗人《ぬすっと》に追い銭だあ」

盗人だと。そこまで言うか。

「ふむ。払うというなら、まずまず殊勝じゃ。さて志摩屋、いかがいたす」

金岡惣右衛門までそんなことを言い出した。

なるほどお白洲の場は化かし合いだ。

もう我慢できない。いや、我慢していてはいけない。うそをつかれてこちらが悪者になるばかりだ。

「ひと言、申し上げます」

ここぞとおきせは声を張りあげた。

「滝田屋はうちの人が密通していたところを見たと申し立てていますが、そんなはずはありません。うそをついています」

不思議なほど落ち着いて言えた。そっちがうそをつくなら、こっちだって……。いや、うそじゃないし。

「またそれを申す。すでに裁きのついたことじゃ。しかとした証拠でもあるのか」

金岡惣右衛門の声は鋭い。しかしおきせは負けずにつづけた。

「なぜならうちの人は夜、まったく役立たずだったからです」

「なに？」

おきせの話を聞いた金岡惣右衛門が、目をむいて問い直す。

「うちの人は、あちらのほうは役立たずでした。どうしてもその……、元気になりませんでした。いろいろ工夫して、精のつくものを食べさせたり、薬を飲んだりしましたが、それでも駄目でした」

ふたたびおきせの声が響くと、詮議所《せんぎしょ》の中はしんとなった。金岡惣右衛門だけでなく、横にすわる源左衛門と吉兵衛も凍りついている気配だ。

自分のような商家のおかみが、人前で口にすべき言葉ではないことはわかっていた。ましてやここはお白洲である。

しかしいったん言ってしまったらもう止められない。おきせは腹をくってつづけた。

「ですから、うちの人が間男など、できるわけがありません」

詮議所の気まずい沈黙はさらにつづく。かまわずに、なおも言う。

「滝田屋は、うちの売掛を消したくて、何もしていない者を殺したのです。お調べ直しを願います」

おきせの声がやんでも、しばらく誰も声をあげなかった。

十日前、時次郎にこう言え、と教えられたとき、冗談ではないと思ったが、たしかに効き目は十分のようだ。

沈黙を破ったのは金岡惣右衛門だった。

「志摩屋、それは取り調べのときに申したか」

「いえ。とても言えませんでした。あのときは気が動転していた上に恥ずかしくて……。それに、そもそもあたしはろくに調べをうけておりません」

「ふむ、そうか」

金岡惣右衛門は額を押さえて考え込んでいたが、

「それは新しい証言ということになるな。となると……」

そう言って顔をあげると、滝田屋をきっとにらんだ。滝田屋の肩がびくりと震えた。

「そのほう、ひとまず預《あずけ》を命ずる」

「あ、そ、そんな」

「町名主はしっかり身柄を押さえて、逃がすな。あとで志摩屋殺しの一件を吟味する」

と滝田屋についてきた町名主に目を移し、命じた。

六

時次郎は、いつものように長火鉢の向こうにすわっている。三度目の対決からひと月ほどたっていた。

「ええ、逐電《ちくてん》したって」

「はあ、滝田屋がねえ」

美人の女房が出してくれた茶を飲みながら、おきせは説明した。

あのお白洲のあと、吟味与力の金岡惣右衛門は、同心におきせの尋問をさせる一方、志摩屋に人を出して家捜しまでした。おきせの証言の裏をとろうとしたのだ。

そこで出てきたのは、ヤツメウナギや鱶の肝などである。薬研や乳鉢、さらに硝子瓶に入ったあやしげな液体まで見つかったから、これは相当、精をつけようと悩んでいたに違いないと受けとられたようだ。

調べの結果をうけて金岡惣右衛門は、滝田屋の不義密通殺し一件を再度調べるよう、お奉行に言上した。

あまり例のないことだけにお奉行もおどろいただろうが、一応は再考してくれたようだ。しかし結局、一度出た裁きだからと再吟味は行われず、滝田屋は町預りから解放された。

これでまた訴訟をつづけるのかと、おきせは落胆したが、そうはならなかった。それからしばらくして、滝田屋が町から姿を消したのだ。

「間男成敗で有名になったのに、結局は人殺しじゃないかとうわさになって、周囲の目に堪えられなかったんでしょうね」

町預りになって、吟味がやり直されるらしいとのうわさが流れて以来、店の雨戸にいやがらせの落書きがあったり、汚物を投げ込まれたりで、滝田屋はさんざんな目にあっていた。いまどき間男成敗とはおかしいと思っていた者が、世間にも多かったのだろう。

「そうなりゃ商売は無理だろうな。もともと、あんたのところの売掛が払えなかったくらいだし、遅かれ早かれ行き詰まっただろうがね」

時次郎がのんびりと言う。

たしかに滝田屋はあちこちに借銭《しゃくせん》やツケがあって、首が回らない状態だったようだ。その上に悪いうわさがたっては、商売はやっていけないだろう。

だがやはり銭金よりも、やましいところがあったから滝田屋は逃げたのだと、おきせは思う。

——あたしは世間から冷たい目を向けられても、逃げなかった。やましいところがなかったからだ。

「旦那の仇《かたき》は討てても、売掛は『踏み』になりますねえ」

時次郎は言う。滝田屋はいなくなったから、三十七両三分は取りもどせない。

「いいの。お金はまた稼げるから」

実際、店にお客がもどってきていた。これからは手代たちを中心に商売をつづけていくつもりだ。

おきせは残金を渡そうとした。だが時次郎は、「売掛金は取りもどせなかったから」と断った。

「でもあの人の無念は晴らせたんだし」

とおきせは無理に金包みをすすめた。

「まあ、そういうことなら、志《こころざし》ってことで、ありがたく」

時次郎は手刀を切って受けとった。

「しかしまあ、そもそもあの密通のお定めってのが変なんだね。他人の女房とふたりきりでいたってだけで、殺されても文句も言えないってのは、やっぱりおかしいぜ」

あんたも変なお定めに振りまわされたね、と時次郎は、なぐさめにもならぬことを言う。

「わかるよ。おれも、お定めにゃ苦労させられたから」

「え？」

「ああ、いや、別に間男したわけじゃねえんだが。別に似たようなお定めがあって、そっちのほうに引っかかりそうになった。男と女のことは、やっかいだぜ」

間男じゃないのに苦労した？　なんだろうか。

「ま、いまは落ち着いてるけどね」

時次郎はそれ以上は言わなかった。

気がつけば、この家には子供のにおいがない。夫婦二人きりなのかと、余分な気を回したところに、おかみさんが茶を替えにきた。

このひとと何かあったの？　と思ってまじまじと見てしまい、まともに目があってしまった。

「ああ、いいえ、もう結構。長居しちゃったわ」

おきせは手をふった。

「じゃあこれで。本当にお世話になりました」

「ああ、なに、こちらこそ」

おきせが深々と頭を下げると、時次郎は長火鉢の向こうで小さく頭を下げた。相変わらず飄々としてつかみどころがない男だと思った。

でもこれで終わった。きれいさっぱり終わったのだ。心が晴れ晴れとして、永代橋を渡る足どりも軽くなる。風もやさしく頬をなでてゆく。はじめて天竺屋を訪れたときは橋のたもとに雪が残り、木々も寒々しい姿だったが、いまは両岸に新緑が萌《も》えていた。陽射しの加減か、川面《かわも》も深くきれいな青色になっている。

おきせは回り道をして寺へ向かった。そこに夫の墓がある。

――まず謝らないとね。

優しかった夫の笑い顔がおきせの目の前に浮かんでいる。濡《ぬ》れ衣《ぎぬ》は十分には晴らせなかったが、それでも仇は討ったとの報告とともに、お白洲の場で、夜は役に立たなかった、などと言ったことを謝るつもりだった。

――でもまあ、うそじゃないし。

おきせは舌を出した。たしかに「夜は役に立たない」はきつい言い方だが、事実として殺される前は、夫婦のおまつりもずいぶんとご無沙汰だった。碇草やイモリの黒焼きも、夫に言われて調えたのだ。だからお白洲でもまったくうそを言ったわけではない。

しかし、そんなふうになったのは、どれくらい前からだったたか。

しばし記憶をさぐった。桜の季節には、まだ大丈夫だった……。ということは、夫の亡くなる半年くらい前からだったたか。

おや、半年前？

なにか引っかかるものがあった。

そうだ。時次郎の話によると、滝田屋の小僧が証言したそうな。半年前から滝田屋のおかみとよく話をするようになったとか。

半年前……。

おかみと話をするようになった……。

女房に色目を使うと滝田屋も言っていた……。

墓へむかう足が急に重くなった。疑惑の黒雲がおきせの胸の内にひろがってゆく。

もしかしたら、あの人は……。

碇草やイモリの黒焼きは、効いていたんじゃないの……。

「ふんっ。そんなこと、あるものか」

おきせはわざと大きな声を出して剣呑《けんのん》な思いを振りはらった。そして、

「あの人は、やさしかったよ。あたしにだけはね」

と自分に言い聞かせるようにつぶやき、墓へと足を速めた。

白洲《しらす》で晴らすは鰻《うなぎ》の恨み

「まったく信用ならねえ。おれの公事《くじ》を解決するより、延ばしに延ばして宿代をいっぺえとろうとしているとしか思えねえだよ」

男は時次郎の目の前で、公事宿淡路屋《くじやどあわじや》の悪口を言いつづけている。

「その宿も、お粗末なもんだ。内風呂はねえから、町の湯屋へ行ってくれっていうし、飯は時間が決まっているから、早く帰って来ないと食いっぱぐれるぞっておどすだよ。安くねえ銭払ってるのに、泊めさせていただきますってこっちが頭を下げなきゃなんねえ」

男は大きな頭に小さな髷《まげ》をのせている。少ない鬢《びん》に白いものがまじっており、四十路《よそじ》も半ば過ぎといった風情《ふぜい》だ。紺縞の綿入れは新しいが、縞模様が太すぎてなんとも野暮ったい。下総《しもうさ》の銚子《ちょうし》で干鰯問屋《ほしかどんや》をいとなんでいる白田屋弥右衛門《しろたややえもん》だと名乗った。

時次郎は、長火鉢を前にすわって話を聞いていた。そろそろ桜も咲こうというのに寒い日がつづいているせいか、火鉢の上には鉄瓶が湯気をたてている。

「それでも公事をちゃんとやってくれるなら、まだ我慢もできるだ。なにせ五十両からの金が動く公事だ。こっちも必死だでなあ。ところがそれも駄目だあ」

弥右衛門は首をふる。よほど不満がたまっているらしい。

「下代《げだい》は与助《よすけ》っちゅうだが、これが若造で、なんにもわかってねえだ。目安の書きようが長ったらしいとお役人さまに突き返されるし、お白洲じゃあよけいなことを言うなと叱られる。あれじゃあおれひとりでやったほうがましだあ」

公事宿は、地方から江戸へ出てきた者のための旅籠《はたご》で、馬喰町と小伝馬町にかたまっている。旅人に寝るところと飯を提供するのはほかの旅籠とおなじだが、ちがうのは訴訟人の手伝いもすることである。

奉行所に出す書面など素人には書けないから、訴訟人の話を聞いて代筆してやるし、白洲へ出るときも付き添って出て、お奉行の意をくんで訴訟人に助言したりする。

江戸の町人が奉行所へ訴え出るときは町名主が世話をする決まりだが、地方の者が訴え出た場合は、江戸に町名主のような存在がいないので、その代わりをしているのだ。

とはいえ訴訟人を助けるばかりではない。奉行所から訴訟人へ呼び出し状の送達を託されることもあるし、訴訟人の「預り」を命じられることもある。そうなると訴訟人は客から一転して、囚人のような立場に変わってしまう。

そういう点では奉行所の仕事の一端を担っているので、公事宿は客に甘い顔を見せず、必要以上の奉仕はしない。もっと言えばおそろしく愛想が悪い。

飯は決まった時間に台所近くの広間でいっせいに食うことになっているし、おかずもありきたりで、高価なものは出さない。それどころかわざと炊きたての熱い飯を出して、おかわりできないようにして米を減らさぬよう企《たくら》んでいる、といううわささえある。

時次郎も昔は公事宿の下代をしていたから、内情は知っている。苦笑するしかない。

「宿を替わろうにも、うちの在では公事のときは淡路屋って決まっているから、替われねえ。どうしようかと思ってたら、あんたのことを聞いてよ」

公事は、毎日お白洲に呼び出しがあるわけではなく、待っている時間が長い。暇をもてあまして江戸の商売相手に愚痴をこぼしに出かけたところ、時次郎を紹介されたのだとか。

「公事の裏表に通じてなさって、じつに頼りになるって、むこうさんはべたほめだんべ。こりゃあ渡りに船だって思ってよ。ああ、こりゃどうも。ご内儀さんで。いやお構いなく」

茶をもってきた女房のおみつに弥右衛門はにっこりと笑ってみせたあと、

「ちゅうわけで、ひとつよろしくお願《ねげ》えしますだ」

と大きな頭を下げた。

時次郎は軽く首をふった。

「お顔を上げておくんなせえ。こいつは商売だ。お願いされる筋じゃねえ」

「いやあ、そう堅いことを言わずに助けてもらいてえだよ」

弥右衛門はまた頭を下げた。

「助けるとか、そういうんじゃねえんだ」

「へ？」

時次郎の口調が変わったのに気づいたのか、弥右衛門は顔を上げた。

「おめえさん、薬を買うのに頭は下げねえだろ。おれはちっと風変わりな薬を売ってるだけだ。もらうものさえもらえば、おめえさんのお望みの薬をわたす。そう思ってくれ。だからよぶんな気を遣わねえで、話に入ってくんな」

「はあ、薬だか」

弥右衛門はきょとんとした目つきになった。なんだか勝手がちがうという顔だ。

「そういやあ、ここは薬屋だなあ」

時次郎の表看板は、門前仲町の天竺屋という薬屋だ。この座敷は店の奥の八畳間である。

棚の上には薬研《やげん》やすり鉢のようなものも置いてある。開けはなった障子の向こうに南天が植えられた坪庭が見え、さらに奥にもうひと部屋ある。部屋にただようにおいも、薬屋独特のものだ。

時次郎も、胸まである黒い前掛け姿だ。出てきたときは頭に手拭いをかぶっていた。奥で薬を調合していたのだろうか。

「じゃあ、とにかく話を聞いてもらうだ」

咳払《せきばら》いをしてから真面目な顔になり、弥右衛門は話をはじめた。

「堺町《さかいちょう》の茶屋を買っただ」

笹雪屋《ささゆきや》という芝居茶屋で間口三間《げん》、二階建てで小部屋が五つあって、まずまずの大きさの茶屋だという。もちろん、茶屋仲間株もついている。

「堺町ってえと中村座か」

江戸の芝居小屋といえば日本橋堺町の中村座、葺屋町《ふきやちょう》の市村座、それに少々はなれて木挽町《こびきちょう》の森田座の三座である。芝居茶屋はその周囲にあって、芝居見物の客を席に案内し、弁当や飲み物を売る商売で、芝居が終わったあとに料理を出したりもする。

「すぐに払えば安くするっていうんで、代金五十両は即金で払っただ。それからもう一年以上になるけんど、一向に明け渡してくれねえ。入りてえって店子《たなこ》が待ってるだ」

茶屋は新しい店子にまかせて、毎月のあがりを受けとろうと考えていたのに、これではもうけ損なってしまうと言う。

「もう金は払ってあるんだから出ていけ、といくら催促しても、出ていったら行くところがねえ、今出たら野垂れ死にする、もう少し待ってくれって言うだけでちっとも出ていかねえ。埒があかねえから、目安をつけただ。それでも駄目でねえ」

年末に呼び出しがあり、初公事合《はつくじあい》があってから三ヶ月。当初、相手は「お慈悲を願います」と言うだけで、立ち退《の》こうとも五十両を返そうともしなかった。お奉行が立ち退くか返金するかせねばならぬと脅しても駄目で、いま、ようやく十両なら返せると言い出しているという。

「まったくふてえ野郎たちだべ。このままじゃあ宿代ばかりかかって仕方ねえ。なんとかしてもらいてえだ」

公事宿の宿賃は、一泊二食付きで二百四十八文。ひと月もいれば一両は軽く飛んでいく勘定だ。

しかも公事となればたいていはひとりではない。在所から差添人《さしぞえにん》として村役人がついてくるから、その費用も払わねばならない。さらに在所と江戸の往復旅費、昼飯代に筆や紙の代金、公事宿の下代への心付けなど、長引けば五両、十両などすぐに飛んでゆく。

「ちと訊くが、売渡証文は本物だったかい」

時次郎がたずねた。

「もちろんだ。そこはまちがいねえ。お奉行所でもそれは認めてもらっただよ」

「それでも店も渡さねえ、金も返せねえと頑張ってるってことかな」

「そうだ。しぶてえやつらだ」

「そいつら、いまでも茶屋に住んでいるんですかい」

「平気な顔で住んでるだ。だからよけいに腹が立つだよ」

その答えを聞いて、時次郎は腕組みをし、視線を虚空に投げた。

「お奉行所に面ぁ出したというのに、そこまでずうずうしいとは珍しいな。勝つ見込みがあってやっているのかな」

「……珍しいって、どういうことだか」

「へんな筋はついていないか、買ったときに調べたかい」

「いや、知り合いに聞き合わせはしたども……」

ふん、と鼻を鳴らすと、時次郎は視線を弥右衛門に据えた。

「なるほど。お困りだとはわかった」

時次郎の言葉に、弥右衛門は深くうなずいた。

「淡路屋じゃあ頼りになんねえ。頼みますだ。さっと終わらせる手を教えてもらいてえ」

「お気の毒だが、さっとは終わらねえよ」

時次郎は首をふった。

「その調子じゃあ、相手はなにか企んでいるとしか思えねえ。面倒なことになるだろうね。覚悟したほうがいいよ」

「じゃあ……」

「手間暇かけても、五十両をとりもどす。そういう覚悟なら、おれの薬を売ろう」

「お、受けてくれるだか。そりゃありがてえ」

また頭を下げる弥右衛門に、時次郎は釘《くぎ》を刺した。

「最初に言っておくが、おれは表には出ない。あんたの代わりに相手と話し合いをするなんてえのは、おれの仕事じゃねえ。お白洲にも出ない。訴訟人以外の者がちょろちょろすると、お上は喜ばねえからな。おれは自分のやり方で相手を調べて、どうすればいいかをあんたに教える。おれの言うとおりにすれば、あんたは公事に勝つ。それでいいね」

「ああ、勝つんなら、もうどうでも……」

「おれの薬代はふたつ（二割）だ。まず最初に五両もらう。残りは五十両が入ってからでいい」

「ふたつってことは、十両！　ひえぇ、たけえっ」

弥右衛門は目をむいた。

「いやなら無理にとは言わねえ。話は終わりだ。帰《けえ》ってくんな」

時次郎は声の調子を変えずに言った。

「い、いや、待ってくれ。十両、十両と」

弥右衛門は目を天井にやって考え込む。

「わかった。やってもらうだ」

腹を決めたのか、目を時次郎の顔にすえて言う。

「こうなりゃ意地だ。なにがなんでもあいつらから五十両を取り返してやる。十両くらい、なんだあ」

「じゃあ話は決まった。前金の五両をもらったら腰を上げよう」

弥右衛門が帰ったあと、女房のおみつが茶を片づけながら訊く。

「いいのかいあんな話、受けちまって。なんだかいけ好かない男だったよ。金には困ってないって顔して。あたしゃ金を返せないっていう茶屋の肩を持ちたくなったね」

おみつは形のいい鼻をひくつかせる。

「気をつけてよ。ごうつく張りを助けてると、いまにあんたにもとばっちりが来るよ」

「んなこたぁ、あるかい。おめえは気を回しすぎだ」

「そんなに稼いで、まだ長崎へ行くつもりでいるの？」

おみつの言葉に、時次郎は小さく眉を寄せた。

「オランダことばを習うにゃ、それしかないからな」

オランダの本草学を修めるために長崎へ行きたい、というのが時次郎の夢だった。

「だって、オランダの本草学をやっている人って、みんなお抱え医師やお武家なんかで扶持《ふち》をもらってるんでしょ。町の薬屋じゃ無理よ」

「無理かどうか、やってみなきゃわからねえ」

長崎へ行くには大金が必要になる。薬屋と出入師《でいりし》の両輪で稼いでいるのは、そのためだ。

「だからって、あこぎな稼ぎをしないでよ」

「あこぎなもんか。人に、おれの知ってることを教えてるだけだ」

おみつはわざとらしくため息をついた。

「あんたがその気なら、あたしもついていくけど、子供はどうするのよ」

所帯をもって五年になるが、いまだに子ができないでいるのを、おみつは苦にしてい

る。それを言われると時次郎も苦しい。

「授かりもんだからな、仕方ないだろ」

「あたしにゃわからない」

「何が」

「あんた、本草学と御定書《おさだめがき》だけでも他人の何倍も何十倍ものを知っているんでしょ。

その上にオランダことばを詰め込んだら、頭が破裂するよ」

「馬鹿言え。まだまだ余裕があらあ。おれは知りたいんだよ、世の中のいろんなことを

な。おれの知ってることなんざ、まだまだ全然足りねえ。そもそも学問して頭が破裂し

たやつなんて、見たことねえぞ」

「いまに出てくるよ、そういう人。このへんからさあ」

そう言うと、おみつはぷいと部屋を出ていった。

二

翌日、弥右衛門が五両を届けてきたので、時次郎は腰を上げて堺町へ向かった。

芝居は年六回の開場だが、いまは幸いに三月で開場の月である。永代橋を渡って、小《こ》半刻《はんとき》（三十分）ほど歩いた。

昼前に堺町に着くと、通りの両側に役者の名を書いた幟《のぼり》が林立していた。総二階の建物がつづく通りで、ひときわ高い櫓《やぐら》が上がっているのが中村座、そしてその左右に並んでいるのが芝居茶屋である。まずまずの人通りで、中村座では「菅原伝授《すがわらでんじゅ》」をやっていた。

笹雪屋は、中村座の並びとはいえ、十軒以上離れたところに建っていた。

どこの茶屋もおなじだが、店先の土間横では女中が幕の内弁当をこしらえている。茶屋にとっては景気づけで、客はこれをもって芝居小屋へ行くのだ。

ごめんよ、とのれんをくぐると、「へえい」と気のない返事が聞こえた。出てきたのは大年増《おおどしま》の女である。

「席と弁当、見繕ってくんな」

と頼んだが、「旦那、うちははじめてですかい」とやや警戒する目で見る。縞木綿に前掛けという姿は女中のようだが、小太りの身体《からだ》は貫禄《かんろく》がある。ここのおかみのようだ。

「ああ。というより芝居見物も久しぶりでね。一見《いちげん》じゃあ駄目かい」

「いいえ。ささ、どうぞ奥へ。一服しておくんなさい。いま若い者に案内させますんで」

にっこりした顔はとくにあやしいところもない。出てきた案内の若者も、ごく普通の町衆だった。時次郎は首をひねった。

――あやしさもない代わりに、覇気もねえな。

悪さをしようという者たちには見えない。

時次郎は考え込んだ。茶屋の者たちの企みがどうも見えて来ない。これからどういう手に出てくるつもりなのか。

地面や家作の騙《かた》り売買でよくあるのは、金だけ受けとって本人はどろんと消えるというものだ。買ったはずの屋敷に行ってみると他の者が住んでいて、これは自分が買ったのだと主張し、証文もちゃんと真正のものがそろっている。買い手はにせの証文で騙《だま》されれた、という話である。

だが今回はちがう。証文は弥右衛門がきちんと押さえている。売り手も消えていない。

――茶屋の者たちは、公事に勝つつもりでいるのか?

と疑っているのだが、お白洲に出てもお慈悲を願うだけという。どうも解《げ》せない。

あれこれ考えつつ、さほど面白くもない全五段の芝居を見ていると、はねたのが七つ（午後四時）。笹雪屋へもどって「飯、食えるかな」と訊いてみると、

「申しわけありません。もう火を落としちまって、茶も出せませんで。ほかで食べてもらえませんかねえ」

との返事だった。自分の店で板前をやとっている大茶屋でもないので、仕出し屋に頼むしかないが、仕出し屋ももう終わっているという。

やむをえず勘定をしてもらうと一朱と少々だった。まず世間並みの値段である。お白洲で、ここを出たら野垂れ死にすると言ったらしいが、その割には商売に熱が入っていない。どことなく投げやりな感じがする。

——とはいえ、おかしな素振りはねえな。

それなりに商売はやっている。芝居につきあって丸一日かかった割に得るものもなく、時次郎は門前仲町へ帰った。

翌日、時次郎は半次《はんじ》をたずねていった。

半次は日本橋界隈《かいわい》でも堺町から元大坂町《もとおおさかちょう》あたり一帯を縄張りとする繁蔵《しげぞう》親分の下っ引きで、おもての稼業は廻《まわ》り髪結いである。これまでも何度か調べを依頼していて、腕前はわかっている。これからお客のところへ行くという半次と、並んで通りを歩きつつ

事情を話した。

「……ってわけだ。あの茶屋の評判、主《あるじ》の素性、わかることならなんでも教えてくれ。礼ははずむ」

道具箱の鬢盥《びんだらい》を提げた半次は、「その茶屋、どこかで聞いたことがあるなあ」と顎を撫でている。

「ほう、名前だけでひっかかるか」

「いやあ思いちがいかもしれねえ。ま、ちょいと日にちをくだせえ。聞き回ってみましょう」

別れ際に半次は時次郎の耳にささやいた。

「石橋《いしばし》って旦那、ご存じで？　定廻《じょうまわ》りの」

「八丁堀か。さあ。近ごろは同心の旦那まではわからねえな」

「気をつけてくだせえ。どうも少々、気にしてなさるみたいで」

思わず半次の顔を見た。心配げに眉を下げている。

公事の指南をして金をとる時次郎のやり方は、お上の気に入らないようだ。ときどきそんな話が浮いてくる。

「どんなお人でえ」

「けっこう切れ者って話ですぜ。こっちの腕もたつって」

半次は右腕をたたいた。

「去年、本石町《ほんごくちょう》で大捕り物があったときに、ダンビラふるって向かってきたやつを手捕りにしたってうわさでさ」

「そうか。わかった。ありがとうよ」

にこにこと応じたが、胸の内は少々波立っていた。お上に目をつけられてありがたいと思うやつはいない。

だが時次郎はやめるつもりはなかった。

――お上のほうが不親切なんだろうが。

公事のやり方が面倒で暇も金もかかるから、泣き寝入りしたり悪辣《あくらつ》なやつらをはびこらせることになる。おれは公事という迷路の道案内をしているだけだと思う。

安くない金をもらっているから、人助けをしているとまでは言わないが、悪いことはしていない。悪くないなら、やめる必要はない道理だ。

半次と別れたあと、その足で時次郎は遠州屋《えんしゅうや》へ回った。

遠州屋は、土地や家屋敷の周旋をなりわいとしている地面屋《じめんや》である。もともと両替と金貸しをしていたが、担保にとった家作の売買からこの道に入ったという。家屋敷を買うのに必要ならば金貸しもしてくれる。

「芝居茶屋ってのは、五十両で買えるものなのかい」

挨拶《あいさつ》もそこそこに、時次郎は切り出した。

「芝居茶屋といっても大小あるからね。五十両なら大茶屋ってことはねえな。まず小茶屋かな」

「小部屋が五つだってさ。茶屋株ももちろんついている」

「そりゃあ安いな」

遠州屋は首をひねる。

「ま、はやっている茶屋とそうでない茶屋じゃあ値もうんとちがうが、それにしても五十両は安い。おれならなにか裏があるかと二の足を踏むところだ」

やはりそうかと思う。

「頼む。堺町の茶屋の出物、調べてくれ。笹雪屋ってんだが、もし売りに出たことがあったなら、その経緯《いきさつ》だな。ほかに近くの出物のようすかな」

遠州屋は商売柄、江戸中の地面屋に顔が利く。芝居茶屋の売り買いは珍しいから、さほどむずかしくないはずだ。

「また絵図面を描く気かい」

遠州屋はからかうように訊く。

「まだわからねえ。そこまではいかねえかもしれねえ。とにかく調べてみねえと」

時次郎は表情を変えない。

「なあに、あんたは描くさ。一口乗せてくれるなら、これくらいはおやすいご用だ」

脂ぎった顔に笑いを浮かべる遠州屋に、時次郎は会釈して店を出た。

三

弥右衛門がふたたび時次郎をたずねてきたのは、四月に入ってからだった。

「いやあ、差紙《さしがみ》がついただよ。明日だ。明日、また対決だあ」

初公事合からかぞえて、これで四度目だという。

「内済《ないさい》の話をするようにって留役《とめやく》（判事役）の葛城《かつらぎ》さまは言うだが、向こうが十両しか払えねえって言うばかりだから、内済なんかできるわけがねえ。それで破談届を出しただ」

「十両からひとつも上げねえんで？」

「ああ。勘弁してくれとも言わねえ。ただ払えねえの一点張りだあ」

「それもおかしいな」

時次郎は腕組みをして考え込んだ。

「なんかわかっただか」

のぞき込むような目で弥右衛門に訊かれて、時次郎は首をふった。

「まだ手をつけたばかりなんで、見えてくるのにあと数日はかかりましょう。それまでは半端な内済は無用にしなせえ。なんの魂胆があるのか、つかんでからにしねえと」

「そりゃそうだ。五十両、びた一文欠けても内済なんかするもんか」

力み返ったあとで、弥右衛門はひとつため息をついた。

「日延べ日延べで、いやになるだよ。こちらは安くねえ旅籠代を払って来ているのに。しかも江戸じゃ仕事もできねえ。とんだ大損だ」

何度、日延願を出したか知れないという。

金公事《かねくじ》は内済が原則だから、白洲の場で双方が折り合わなければ日延願を出し、白洲の外で話し合いをすることになる。話し合いがつかなければ破談届を出して白洲にもどるが、奉行所も根気よく内済を奨励してくるから、ではまた話し合いをしようということになり、日延願を出すという繰り返しになる。

「宿の与助は、そろそろ切りのいいところで手を打ったらどうか、ちゅうだ。あんまり長くお白洲に出入りするもんじゃねえ、お奉行所のほうも困るからって。まったく人の金だと思って」

公事宿にとって長逗留《ながとうりゅう》はありがたいが、一方で奉行所のほうの覚えも気になるから、そんなことを言うのだ。

「とにかく、折れないことだ。向こうはなんだかんだと言ってては値切ってくるからね、言いなりになっちゃあ駄目だ。あくまで五十両、即金で支払えと言って押し通すんだ」

「でも、話がつかなかったと言うと、葛城さまもむっとしていただ。そろそろ内済しないと、葛城さまが切金《きりがね》にしろと言いだしかねないって与助は言うだよ」

切金とは何年かにわたる延べ払いによる返済方法で、利子はつけない。返してもらう身にはたまらない判決である。

「まだ大丈夫だな。脅しているだけだろうよ。しかし向こうが脅してくるのなら、こっちも行儀よくしていることはねえな」

ひとつふたつ、張り手をかましてやってもいいだろう。

「今度、内談があったらこう言ってみな。おれには強い味方がいる、おめえらの内実をみんな調べてくれる男だ、もし言ってることにこれっぽっちでもうそがあったら、吟味筋にもちこんでやる、ってな」

「へえ……。吟味筋ってえと、牢にぶちこまれるだな。そりゃいい気味だ」

弥右衛門は小さくうなずいた。

「とにかく公事は痛《いて》え。こっちも損は承知で、意地ばっかりでやってるだ」

それは正直なところだろう。今も昔も公事は銭と暇がないとできない。

「なんとかしてくだせえ。頼みはあんただけだあ」

弥右衛門が暗い顔で帰って行ったその夕《ゆうべ》、半次がたずねてきた。ある程度調べがついたという。

「いやあ、芝居にかかわるやつらってのは、いつもはべらべらしゃべるのに、身内のことになると口が重くてねえ」

半次はほとほとまいったといった顔をするが、時次郎は表情を動かさず、無言で先に進めと催促する。半次は唇をなめると、話しはじめた。

「あの茶屋、昔からやってますね。少なくとも二、三十年はあの看板でやってるそうで」

「看板はいっしょでも、人は代わってるだろ」

「お、さすがお目が高い。あの一家があの店に入ったのは、六、七年前ですね」

「やはりな」

おそらく最近、住人が代わったのだろうと思っていたのだ。地面や家屋の取引で騙そうとするなら、仕入れたばかりの物件でやるものだ。

「新しいだけに内証《ないしょう》は苦しいようで。なにせいい客をつかんでいないらしくてね。一見の客か弁当だけですませる細かい客ばかりじゃあ、茶屋商売ってのはむずかしいんで」

先日の、がらんとした店のようすを思い出して、時次郎はうなずいた。

「それに芝居茶屋の面白いところは、茶屋にお気に入りの役者を呼べるってところですけど、あの茶屋、そこが弱かったみたいで。茶屋にはだいたい役者の親戚筋が入っていて、その絡みで呼ぶんですけどね、いまじゃ人気の役者が親戚筋にひっかからねえようで。まあ役者の流行《はや》り廃《すた》りもあるし、運もあるんでしょうけどねえ」

「危ねえ筋ってのは、どうでえ」

「そっちは聞きませんねえ。まあ芝居茶屋っていやあ悪所《あくしょ》だ。あっても不思議はねえけど」

「近ごろ変わった動きはなかったかな」

「へえ。二年ほど前に、ずいぶんと激しい掛け合いがあったようで」

「掛け合い？」

「店から出て行けの、金を返せのって、怒鳴り込んできたやつがいたそうで。ずいぶん何度も騒いでいたらしいですが、それも半年ほどでぷっつりなくなったそうな」

「ほうほう。それでもあの連中、残ったのか」

時次郎は突っ込んだ。

「ええ。店は、掛け合いの前と変わらずやってるそうで。それと、どうも四、五年前にもおなじように揉めたらしいですな」

「そんなに何度も揉めてるのか」

「あまりはやらねえ店だから、借銭《しゃくせん》もあるだろうし、店を売る話も出るんでしょうな」

時次郎はうなずいた。

「ありがとうよ。助かった。四、五年前の話をもう少し調べてくれ。あ、それとな、向こうさんに少々、気味の悪い思いもさせてやってくれねえか」

「と言いますと？」

「なに、昔のことを調べられているってわからせりゃいい。後ろ暗いことがありゃ、それだけで十分にいやな気分になるだろうよ」

と頼んで、手間として二分《ぶ》を渡した。半次は白い歯を見せ、「お安いご用で」と言って立ち去った。

時次郎はしばらく考え込んでいたが、ちっと出かけてくるぜと言いおいて天竺屋を出た。

その足で遠州屋をたずね、店の板の間で向き合うと、遠州屋は、まだ調べきれたわけじゃねえがと前置きしてから答えた。

「あの茶屋、五年前に一度、売りに出たようだね。でも売れなかった。いや、売れはしたようだが、ご破算になった」

「ん？　どういうことかな」

半次の言ったことが頭をよぎった。

「よくわからねえ。いったん決まったものの、何かの都合で駄目になったってことかな。

家作の取引じゃあよくあることさ」

「なんで駄目になったか、わかるかな」

「わからねえが、ひと悶着《もんちやく》あったようだね」

半次も、四、五年前に掛け合いがあったと言っていた。

「そいつは公事になったのかな」

「いやあ、聞いてねえな」

「あんたが聞いてねえなら、なかったんだろうよ。で、誰が買ったかわかるかな」

「上州《じようしゆう》の木綿問屋で、大島屋だか大原屋だか、そんな名前だった。だいたい田舎者《いなかもの》だよ、いまどき芝居茶屋を買うのは。江戸に芝居茶屋を持っているって言えば、田舎じゃ鼻が高いんだろう。そんなんだから悪いやつに引っかかるんだ」

「誰に訊けば、詳しいことを教えてくれる？」

「仲介をしたのが春日屋《かすがや》だ。平松町《ひらまつちよう》の」

遠州屋は地面屋仲間の名をあげた。

「そちらはおれからあたってみる。ありがとうよ。ところで二年前にもそんな話、なかったかな」

「ん？　売り買いの話かい。さあてな。それは聞かなかったが」

「頼む。もう一度調べてくれ。たぶん、売りの話がでたはずだ」

「わかった。今度は別の筋をあたってみよう」

「ありがてえ。それともうひとつ。あの茶屋の値付けをするとしたら、いくらぐらいになるかな。あんたの眼力で。およそでいいから」

「眼力と言われちゃあな。まあ七、八十両はいくだろうよ。いくら安くとも五十両はねえなあ。ま、なんの面倒もなしの値段だがな」

「ありがとう。かなり見えてきた」

時次郎は納得したようにうなずいた。

「いけそうかね。絵図面は描けたかい」

「ま、小さい絵だがね。七、八十両の芝居茶屋を五十両で、いや四十両かな、四十両で買いたいって旦那、いるかな」

「ああ、そうこなくちゃ。当たってみよう」

「頼む。待ってるよ」

四

「いやあ、また日延べしただ」

弥右衛門は面白くもないといった顔で言う。

時次郎は両国広小路《りようごくひろこうじ》の水茶屋にきていた。笹雪屋との対決が昼前に終わったので、昼飯を食べがてら相談したいから、両国までおいで願いたしとの言伝《ことづて》を弥右衛門がよこしたのだ。

両国橋の西にある広小路は江戸一番の盛り場で、火除《ひよ》け地の広場によしず張りの店が何十と出ている。川ばたには御涼所《おすずみどころ》という看板をおいて長床几《ながしようぎ》をならべ、酒と肴《さかな》を出す店もあり、かと思えば矢場や浄瑠璃小屋《じようるりごや》といった遊び場もある。

四回目の対決を終えた弥右衛門は、時次郎をまず蕎麦屋《そばや》にさそって昼飯を食い、酒を少々飲んでから、川ばたの水茶屋で酔いを覚ましつつ相談におよんだのだった。

「話になんねえ。十両で勘弁ってのを繰り返すだけだ。留役の葛城さまが怒って、五十両は返さねばならぬ、返せぬなら牢へぶち込むと言うと、残りの四十両は六月と九月に払うって言い出して」

「それ、受けなかっただろうね」

「受けるもんか。与助がいったん腰掛に下がって話をしようって言い出したから、話はしたけど、即金で返せって突っぱねただ」

「それでいい。あくまで即金で押すことだ」

日延べで相手を困らせておいて、つぎに繰り出してくる手は決まっている。いくらかを即金で払い、残りを三ヶ月後や半年後に支払う、と出てくるのだ。

半年後には全額回収できるのだからいいか、と折れてしまうとそこで終わりである。半年たとうが一年たとうが払いやしない。払いが滞れば相手は牢屋にぶち込まれるはずだが、実際はそう簡単にはいかず、相手は種々嘆願して牢屋行きをのがれようとする。そのうち貸し手のほうがあきらめざるを得なくなって泣き寝入り、というのがお決まりの道だ。

時次郎の説明を、弥右衛門はむすっとして聞いていた。

そこへ茶屋女がきて二服目の茶を出す。このあたりの水茶屋は、何も言わずとも三服は出してくれる。いい香りは、塩漬けの桜葉を入れてあるせいか。

「ごゆっくり」

と言われて弥右衛門の顔が一瞬でほころんだ。濃く紅をさした十六、七歳の娘が、桜の花をあしらった小袖を襟元をぬいて着こなし、朱色の前掛け姿で給仕をしてくれるのだから、にやけるのも無理はない。

「さて、こちらもいくらか調べたんだがね。まずあの茶屋、五年前に売りに出ていたそうだね。結局は売れなかったが」

地面屋の春日屋から聞いた話である。

「おや、そうだか。そりゃ初めて聞いた。そんなこと、やつらは言ってなかっただ」

弥右衛門はおどろいている。

「二年前にも出て行くの行かないので揉めたらしい。どうも騙りみたいだね。あんた、嵌《は》められたんだよ」

　時次郎は調べたことを話した。

　芝居茶屋は華やかに見えても内証は厳しくて、いつも火の車だったらしい。そこであの茶屋は五年前、茶屋の家作と株を売り払った代金を元手に、一家を挙げて上方《かみがた》に移ろうとした。上方とは役者の行き来があるし、伝手《つて》はあったようだ。

　ところが出発寸前になって、なにかの事情でそれが駄目になってしまった。そうなると、堺町の茶屋を売ってしまうと住むところも稼ぐ場所もなくなってしまう。茶屋一家は家作から立ち退かず、居座りを決め込んだ。

　買った方はたまらない。出ていけと何度も掛け合ったが、出ていっても行くところがない、しばらくお慈悲を、と言うばかりで一向に出ていかない。では証文を破るから金を返せ、という話になったが、代金の大半は使い込んでいる。全額は返せないとなって、ずいぶん揉めたようだ。だが買い手はお奉行所に訴え出るまではしなかった。

「あんたは十分知っているだろうけど、公事は大変だからね」

　それで払った金の三が一ほど返してもらって、買い手は泣く泣くあきらめたという。訴えづらいという公事の制度の欠陥が、茶屋一家には思わぬ余得をもたらしたのだ。

　それに味をしめて、二年ほど前にも一度、売りに出して居座り、また代金を騙しとった。

そして今度もおなじ手だった。居座りつづけて、五十両のうち十両でも二十両でも騙しとれればと思っていたにちがいない。ところが弥右衛門が意地を張って公事に持ちこんだので、目論見《もくろみ》がはずれたのだ。

「そんな……。騙りなんて、あんな気弱そうな連中にできるかいね」

「いかにも騙りでございって顔で世渡りする騙りなんていないさ。騙りはみんな善人面してるのさ」

弥右衛門は目を見開き、ついで渋面をつくった。

「つまり、口ではお慈悲をと言いながら、腹の中では嘲笑《あざわら》ってたってことだか」

「かもしれないね」

弥右衛門は「畜生！」と抑えた声でつぶやき、しばらく唇をわななかせていたが、不意に時次郎のほうへ向きなおった。

「もう待ちくたびれた。そろそろこらえ切れねえだ。なんとか早くけりがつくよう、手を打ってもらえねえだか」

「いや、もうしばらくかかると思うが」

「なんとかしてくれ。このとおりだ。いままで我慢してきただが、もう駄目だ」

「…………」

拝む仕草までする弥右衛門に、時次郎はなだめるように言った。

「じつはちょっと手を打ってるんだが、そう今日明日には効いてこねえ。もう少しの辛抱さ。ま、ひと月も待ってくれれば……」

時次郎が言うと、弥右衛門は疑わしそうな顔をした。

「どんな手だか」

「そいつは言えねえが、まあ餌を垂らしていると思いねえ。でも食いつきが悪くてな」

「へ？」

「まあ見ててくんな」

もう待てねえ、早く頼みますだよと何度も言う弥右衛門に、時次郎は適当に返事をしつつ水茶屋を出た。出しなに弥右衛門は、娘にかなり心付けをはずんだ。嬌声《きようせい》に送られてにやついているところを見ると、どうやら足繁く通っているらしい。

川風に吹かれながら、ふたりで日盛りの川岸を歩いてゆくと、突然、弥右衛門が立ち止まった。そして時次郎の袖を引いた。

「あ、あの男、あいつだ」

と指をさすほうを見れば、四人ばかりが長床几にかたまって酒食の最中である。そのうちもっとも大柄な四十男は、髷の刷毛先《はけさき》を天に向けて散らす、たばねという侠客《きようかく》のような結い方で、どこか崩れた感じがした。ほかの三人も素っ堅気という感じではない。

「あれが笹雪屋だあ。おのれ、のんびりと酒など……」

大柄な男が笹雪屋で、ほかの三人は町役人だという。どうやら先方もこちらと同じく、対決が昼前に終わったので、慰労を兼ねて昼酒におよんでいるようだ。

考えるまでもなく、弥右衛門が泊まっている小伝馬町も笹雪屋のある堺町も、ここから十町（約一キロ）と離れていない。両国でちょいと川風に吹かれて、と思ったとしても不思議ではない。

それはいいが、笹雪屋たちの手許《てもと》にある肴に目が行って、はっとした。

平皿にのっている、串を打ったものは……。

鰻《うなぎ》の蒲焼《かばや》きではないか。

こちらの昼飯が蕎麦だったというのに、金を返さないやつらが鰻か。

しかも両国の鰻屋は高いのである。

弥右衛門も気づいたらしい。あれ、おれの金で鰻を食ってやがる、ちっと文句を言ってやる、といきり立った。

「対決におよんでいるんなら、お白洲の外で喧嘩《けんか》はしないほうが得ですぜ」

とあわてて止めたが、長く足を止めて見詰めていたせいか、四人がこちらに気づいたらしい。笹雪屋がこちらに笑いかけ、ゆっくりと手をふった。まったく悪びれるところもなく、来るなら来てみろ、と言いたげだ。

「あ、あの野郎！」

と弥右衛門が駆け出しそうになったので、時次郎は腕をつかんだ。ここで悶着を起こしたら、最初に手を出したとしてお白洲で不利になる。

笹雪屋はわかっていて、わざと挑発しているのかもしれない。いや、きっとそうだろう。

「けど、あの野郎、これ見よがしに……」

弥右衛門は歯がみしてくやしがっている。金持ちを自負しているのに、蕎麦を人におごったあとに競争相手が鰻をおごる姿を見せられたのでは、それはくやしいだろうと思う。

「勝ちたいなら、我慢、我慢」

と弥右衛門には冷静に言い聞かせたが、時次郎も内心は穏やかではなかった。

——なるほど悪人だ。公事も利用しようってのか。

そこまで考えて、はっと気づいた。

笹雪屋が騙り沙汰を何度か繰り返しているということは、公事という仕組み自体も熟知しているのではないか。

そうでなければ、地面を使った騙りなど怖くてできないはずだ。

芝居茶屋のおやじにお定めの知識などあるはずがないと見くびっていたが、存外、悪智恵のあるやつかもしれない。いや、かなりしたたかな悪人だ。

甘く見たか。

となると公事も、笹雪屋の思うとおりに進んでいるのではないか。このままでは勝てないのではないか。

腋《わき》の下にじわりと汗が出た。もしかすると、自分も嵌められているのかもしれない。

――こいつはまずい。

金をもらって、助けてやると大見得《おおみえ》を切っておきながら、相手の罠《わな》に嵌まるとは、最低ではないか。

是が非でも笹雪屋を餌に食いつかせてやる。でなければこの公事は終わらないし、終わらなければ、それは時次郎の負けを意味する。

五

翌日から遠州屋と相談したり、何かあたらしい話がないかと、半次の尻をたたいて笹雪屋の周辺をさぐらせたりした。しかし、これといった手がかりは得られなかった。

進展がなければ、弥右衛門の宿代がかかるばかりでこちらが苦しくなる。

時次郎はあせったが、思ったように進まないまま数日がすぎた。

「なんとかしてくれ。敵さんは動かねえ。いよいよ切金にするつもりだ。図に乗ってこちらを見下しているだ」

と弥右衛門が泣きついてきても、歯切れのいい返事ができなかった。

いい加減で投げやりなように見えて、相手のかまえはつかみどころがなく、なかなか崩せない。どうやら当初の見込みとは裏腹に、こちらが追い込まれてしまったようだ。だがここであせっては、相手の思うつぼだ。

――まて。よく考えるんだ。なにか手があるはずだ。

相手は騙りなのだから、どこかで無理をしているはずだ。そこをつけば、相手のかまえを一挙にひっくり返せるにちがいない。

その日一日、店にも出ず、奥の八畳間で長火鉢を前に、ひたすら考えに沈んだ。ときおり昔の手控えを調べたほかは、腕組みをして天井を見あげているか、反故《ほご》にした紙の裏になにか書くかしていた。

夜が更けても、明かりを灯《とも》して考えつづけた。

「なにしてんだい。夜は寝るもんだよ」

とおみつに言われても、「先に寝ててくれ」と言うだけで動かなかった。

夜が明けたとき、時次郎は八畳間で寝入っていた。

「なんだい、だらしないねえ」

雨戸をあけに入ってきたおみつに、

「風邪《かぜ》をひくよ」

とふとんをかけられても、生返事だけで寝つづけるありさまだった。

陽が高くなってから、ようやく起きて台所に顔を出した。

「朝飯はないよ。昼といっしょにしな」

というおみつに逆らいもせず、土間におりて水を一杯飲むと、また奥の八畳間にもどり、弥右衛門あての言伝を書きにかかった。

「どうしたの。うまくいったの」

と問うおみつに、

「まだわからねえ。これからだ」

と返事したが、その顔は自信に満ちていた。

「これを誰かに淡路屋へもっていかせてくれ。そうだ、小伝馬町だ。白田屋弥右衛門あてだ」

と、言伝の紙を折って封をし、手わたした。

その日の夕刻、弥右衛門がきた。時次郎が言伝したとおり、証文をもっていた。

奥の間で、時次郎は証文を調べにかかった。

「おかしなところはねえだ」

という弥右衛門に時次郎は、

「いや、だいたいこんな話はどこかに誤魔化しがあるもんさ」

といって、なめるように見入っている。

証文の文面は家屋敷の売買証文として決まりきったもので、何の仕掛けもなかった。本文は一枚だが、糊《のり》で貼りついだ二枚目に保証人として五人組と町役人の印形《いんぎょう》が捺してある。

それだけのものを、時次郎は半刻（一時間）もものも言わずに見ていた。前にすわっている弥右衛門は、所在なげに天井や畳を見ている。

「いくら見ても、おかしなところはねえだよ」

「…………」

無言で見ていた時次郎は、やがてふうっと息をつくと、証文を畳の上において、保証人となっている町役人の名を指さした。

「あやしいな」

「へ？」

「この手跡《て》、笹雪屋の手跡と似ている」

「……似ているって？」

「印形だけど、笹雪屋のは本物だとして、添え印を捺している五人組や町役人らのは本物かね。それも調べてみたかい」

「……いや、それは……」

　弥右衛門は宙をにらむ。

「売り手の印形は調べても、五人組や町役人まではなかなか目がとどかねえ。もう一度、調べてみなせえ」

　不思議そうな顔をする弥右衛門に、時次郎は説明した。

「もしどれか印形を偽造していれば、御法度を犯しているから吟味筋になる。留役の旦那が怒るのは目に見えている。あっちだって牢に入りたくはない。折れてくるにちがいねえ。留役に申し上げてみな」

「なるほど。そりゃよさそうだ」

　弥右衛門の顔がぱっと明るくなった。

「あとひと押しなんだ」

　時次郎は言う。

「こちらの垂らした餌に食いついてもらうには、あとひと押しだ。それが贋《にせ》の印形なら、しめたものさ。あっちはなまじ慣れているだけに、こういう細かいところで手を抜くのさ」

　徹夜した際に風邪をひいたらしく、それから三日ほど時次郎は寝込んだ。

「気をつけてよ。あんまり丈夫な質《たち》じゃないんだから」

とおみつが甲斐甲斐しく世話をしたおかげで、四日目には床をあげることができた。

「薬屋が寝込んじゃあ、さまにならねえな」

時次郎も反省しきりだが、無理をしたなりの効果はあったようだ。

弥右衛門と茶屋が内済したという報《しら》せが来たのは、それから二十日ほどしてからだった。

即金では十両しか出せないと言い張っていた茶屋側が、急に五十両返すと言い出したのだ。そして実際に五十両が払われた。

弥右衛門は、お奉行所に済口証文《すみくちしようもん》を出し、その帰りに天竺屋に来た。

懸案が解決した割にはうれしそうでなく、疲れ切った顔をして「やっと終わっただ」と告げた。

時次郎は残金の五両をもらい、

「で、印形の話、持ちだしたかい」

と切り出した。

「おお、それそれ」

弥右衛門の表情が動いた。

「淡路屋の与助にその話をしたら、念のためにって印形を捺してる町役人に聞き回ってくれただ。そしたら、ひとり覚えがねえっていうやつがいただ」

「やはりな。で、留役に申しあげたかい」

「もちろんだ。そしたら葛城さまは、もし事実なら謀書謀判《ぼうしよぼうはん》じゃ、言語道断じゃと怒っただ」

「それで？」

「笹雪屋のほうは、そんなことはねえと言うだが、葛城さまは信用しねえ。その町役人を呼び出し、問い質《ただ》して、もし贋の印形を使っていたなら、きっとお仕置きがあるだろうって。笹雪屋は、どうぞお調べくださいって平気な顔をしていたども、あれは効いてたなあ。貧乏揺すりが激しくなっていただ。即金で五十両払うと言いだしたのは、そのすぐあとだ」

「はは、そりゃいいや」

　時次郎は膝を打った。

「いやあ、あんたのおかげだ。あんたがいなきゃ、お公事がいつまでもつづいただよ」

「なあに、そんなことはないさ」

　と時次郎は首をふった。

「こっちはただ、茶屋が金を返せるよう、いろいろ手を尽くしただけさ」

「手を尽くすって……」

弥右衛門は不思議そうな顔をしたが、

「ま、話すと長くなるし、聞かないほうがいいと思うよ」

とやんわりと言った。

弥右衛門が帰ってから、時次郎が五枚の小判をもてあそんでいると、

「あんまりあこぎなこと、するんじゃないよ」

と茶を運んできたおみつが言った。

「なにがあこぎだ」

「だってそうじゃない。茶屋が払った金って、あんたが回したんでしょう」

時次郎は苦笑した。

「おれがそんなことをするかよ。ただあそこにもうけ話があるって教えてやっただけだ」

茶を一口飲んで、時次郎は仕掛けを語り始めた。

まず、遠州屋に、あの茶屋を安くものにする気はないかと持ちかけた。

わけありの売り物でも、安ければ手を出す者はいる。それだけの力をもっていて、受け渡しが滞れば少々手荒な真似に訴えてでも貸した分はもぎとっていく輩《やから》だ。

時次郎の話をもとに、遠州屋は茶屋の家作と株を担保にして四十両を貸してもいいという旦那を探しだした。

だが笹雪屋も簡単にはその融資話に乗らなかった。お白洲でものらりくらりと誤魔化

して、なんとか二十両でも十両でも騙りとろうとしていたようだ。

ところが、ここで証文に町役人の印形を偽造していたのが露見しそうになった。奉行所に調べられると、本当に牢に入れられかねない。なにしろ謀書謀判の罪には、引き廻しの上獄門、という厳しいお仕置きが科されるのだ。

留役の旦那も、たかだか町役人の印形ひとつで獄門まで持ってゆくつもりはなかっただろう。だが延々とつづく笹雪屋の言い訳を封じるのには渡りに船だったので、これ幸いと飛び乗ったのだ。

それで調べられる前に公事を終えようと、笹雪屋は急いで五十両を返したのである。ゆっくりと買い主をさがせば七、八十両にも売れる店だから、白田屋に渡すより金を返したほうがいいと考えたのだろう。

足りない金を調達するため、笹雪屋が目の前にぶら下がっていた融資話に飛びついたのはもちろんだ。

そのへんの進み具合は、時次郎が期待したとおりだった。

「あんたが回したのと、おなじじゃない。これで茶屋の一家っての、四十両のカタに家作をとられるんでしょう」

おみつはわかっている。

「さてな。そうなるかもしれねえ。けどな、やつらはこれまでに何十両か騙りとっているはずだ。首が飛ばねえだけいいだろうよ。そう考えりゃ、人助けしてやったようなものさ」

そう言って時次郎は腹の中で舌を出した。弥右衛門から得た十両のほかに、地面屋からも五両もらうことになっていると話したら、おみつは怒り狂うかもしれない。

それだけ金もうけに励んでも、長崎はまだまだ遠い。本当に行けるかどうかもわからない。雲煙万里《うんえんばんり》とはこのことかと、ため息が出そうになる。

そんな胸中とはかかわりなく、明るい陽射しが坪庭に降りそそぎ、南天の小さな白い花を照らしている。のどかといえばのどかな昼下がりだった。

時次郎は茶を飲み干すと立ち上がり、この一件の覚えを書き込むべく、棚から帳面をとりだして、また長火鉢にもどった。

「ひとつ片づいたのなら、今夜はお祝いでなにかご馳走《ちそう》、しようか」

とおみつが言った。

「ああ、そりゃいいな」

時次郎は帳面から顔をあげずに応えた。

「でもな、鰻だけはやめといてくれ」

「ええ？　どうして」

「誰に恨みをかうか、わからねえからな」

「はあ？」

おみつは首をかしげ、へんな人、と言った。

下総《しもうさ》茶屋合戦

一

天竺屋の奥の間で、時次郎は半分開いた扇子を手に、垢抜《あかぬ》けぬ身なりの男ふたりと向かい合っていた。

「二年、三年どころか、そのご仁は四年目だと言うでねえか。こりゃあ大変だとひっくり返っていたところに、あんたの名前を聞いたべよ。少しでも短くなるんなら、なんとかしてもらおうと思ってさ」

ふたりのうち、四十すぎと見える男は甚右衛門《じんえもん》といって、下総は佐倉《さくら》の近く、大島村という村高《むらだか》四百八十石ほどの村の名主だった。

差紙《さしがみ》がついたのはもうひとりのほう、三十前後と見える留吉《とめきち》という男の家で、名主の甚右衛門は付添である。上背があって頭も長大な甚右衛門に対して、留吉は小柄で丸顔だった。

在から出て公事宿《くじやど》に泊まり、少し落ち着いたころに同宿の者の話を聞いたら、公事がやたら長引いて、四年たってもまだ言い渡しが出ないという。不安になって時次郎に相談に来たのだ。

甚右衛門の首筋は汗で光っている。五月に入って陽射しも強くなり、ちょっと歩けば汗ばむ陽気になっていた。少し前に衣更《ころもが》えをして、時次郎は丁字色《ちょうじいろ》の単衣《ひとえ》を着ている。

「いつもいつも四年かかるってものじゃねえけど。まあ長引くのはよくあることでね」

公事が長い、というのは天竺屋に来た客からたいてい一番に聞かされる愚痴なので、時次郎は適当に受け流す。甚右衛門が公事宿の名を佐原屋《さわらや》だと言ったとき、時次郎が一瞬、目を見開いたが、それは誰にも気づかれなかったようだ。

「よくあることって……。三ヶ月でも四、五十両かかってるのに、四年もかかったらその十層倍はかかるべ。四、五百両なんて、どこの誰が払うのかい……、お、これはこれは。あいすみません」

「どうぞごゆっくり」

女房のおみつがすました顔で茶を出すと、ふたりは大仰に頭をさげた。

「で、用件は……」

公事の長さをいくら憤慨されても、それは時次郎の知ったことではない。先をうながすと、甚右衛門はてらつく額に皺《しわ》をよせて言った。

「だから、なんとか公事を早く終わらせてえって、まあそういうことさ。なんせ、おらたちにとっちゃ、とんだとばっちりだあ。いつまでも関わりたくねえって」

時次郎は、ぱちりと音を立てて扇子を閉じた。

「そりゃお困りでしょうが、どうでしょうかねえ。まずはお尋ねの筋をうかがいましょうかい。話を聞かねえと、返事もできねえ」

扇子を膝に立てて甚右衛門を見つめた。

「ほい、そりゃそうだ」

ひと呼吸おいて、甚右衛門は村で起こった事件を語り出した。

それは昨年八月の、前夜の雨があがった早朝のことだったという。

大島村には村の中を佐倉へいたる道が通っていて、村はずれには茶屋が一軒、店を開いている。そこに長脇差《ながどす》どころか槍《やり》、鉄砲まで持った十数人の集団が押し込んだ。そして泊まっていた無宿人ひとりを槍で突き殺し、家人を脅して小半刻ほど家捜ししたあげく、引き揚げていったのだと。

「そりゃ剣呑だ」

時次郎は顔をしかめた。押し込み強盗騒ぎは江戸でもあるが、十数人もの人数が茶屋に押し込むとは尋常でない。

「近ごろ無宿渡世の乱暴者がふえてねえ。おっかねくって仕方がねえ。でもこのときはお城から出張《でば》ってくれなすって、悪者は捕まったべえよ」

十数人は逃げるどころか隣村の根城にこもって賭場《とば》を開帳し、気炎をあげていたが、たという。

佐倉のお城から捕り方数十人が出張って根城を急襲し、大騒ぎの末にこれを取り押さえ
「そりゃあもう、鉄砲弾《てつぽうだま》が飛びかうわ、血しぶきは飛ぶわで、いくさみてえだったって。おっかねえこった」

「そういや、そんな話を聞いたような」

時次郎は首をひねった。少し前にどこかで耳にした気がする。江戸でも話題になったほどなら、かなりの戦闘が行われたのだろう。

「でも、悪党が捕まったのなら、めでたいじゃねえか。なんで差紙がつくんだ？」

「それが、それ。いろいろあるべ」

甚右衛門の口が途端に重くなる。

「いや、そのいろいろを話してもらわねえと」

時次郎がうながすと、甚右衛門は前に置かれた茶をがぶりとひと飲みした。

「お上からお尋ねの儀は、まず殺された無宿人のあつかいについてだ」

茶屋で死人が出た時点でみなが動転してしまい、お上に届け出ずに死体を埋めてしまったのだという。

「なんせ血まみれの死体だ。ほうっておけねえ。弔いだって通夜をやったら次の日には埋めちまうから、それと同じと考えただべ」

「何にも。まずは村内ですませようってことで、みなで片づけっつら。あとでお城には届けたけども」

「お上には？」

「で、お城の旦那方のほうは？」

「それが、埋めたあとじゃ手がねえって」

「ははあ、そりゃしくじったな」

変死人が出たら、すぐに届け出なければならない。そういうお定めになっている。

「しかしそれだけなら心配はねえよ。お咎《とが》めはあるだろうが、たいしたことはねえ。過料（罰金）三貫文《かんもん》とかですむ。それ以上の罪はねえよ」

「宿でもそう言われたけど……」

それまでだまっていた留吉が口を開いた。丸顔の中の丸い目が細かく動いている。

「けど、何でえ」

「どうも留役《とめやく》の旦那は、おれたちが無宿どもの一味じゃねえかって疑ってるようなんで」

時次郎は一瞬、言葉に詰まった。

「とんでもねえ濡れ衣だあ」

甚右衛門が大きな口をあけて吼《ほ》える。

「無宿渡世の者を泊めたからって、それだけで一味だと思われちゃたまんねえ。早く疑いを晴らして、けりをつけてえんだって」

　時次郎は目を細めた。

「疑われるようなこと、何かしたのかい」

　そもそも死体の扱いだけが問題なら、佐倉のお城で片づくはずで、江戸まで持ち込まれる話ではない。

「いんや。けど、そもそもうちは、茶屋といってもときどき頼まれて旅人《たびにん》を泊めたりしてたから、そこで疑われたらしいんで」

　旅籠《はたご》でもないのに他人を泊めるのは御法度だ。死体を内々で片づけたのも、そこを咎められるのを気にしたのか。

「でも、一味じゃねえ。なのに留役の旦那は一味との関わりばかりお尋ねになるだ」

　留吉は不安そうな顔をする。

「ひとつには、こいつの兄が逐電《ちくてん》したってのもあるかもしれねえけど」

「逐電？」

　関わる者が消えたとなれば、それは聞き捨てならない。

「差紙がついたのは、兄のほうなんで。ええ、熊蔵《くまぞう》と言って、茶屋をやってたのは兄で」

「その熊蔵さんってのは、いつ逐電したんで」

「死人が出て、埋めて、そのあとだ」

「そりゃあ疑われるはずだ」

やましいところがなければ、逃げ隠れする必要はない。叩けば埃《ほこり》が出る身体だから、逃げたに違いないと、留役ならずとも思う。

「熊蔵は、無宿人が襲ってきたとき裏から逃げて無事だったもんで、殺されたやつの身内から告げ口したと思われて仕返しされるのを恐れたんだ。一味とは関わりねえ」

甚右衛門は言うが、それもおかしい。関わりがないのなら恐れる必要はないはずだ。

「お城からなんとか見つけろって言われたんで、三十日を限って親類縁者に尋ねを出したただ。けど何もねえんで、もういっぺん三十日の尋ねを出したけど、それでも何もねえんで、もうすぐ帳はずれ（戸籍から抜くこと）になるところだ」

「ちっと込み入った話だね」

時次郎はふたりを交互に見た。表情からはうそをついているのかどうか、わからない。

「熊蔵はいないんだから、お尋ねされてもどうにもならねえ。なのに留役の旦那はあれこれ聞こうとするから、大変だあ」

甚右衛門が嘆く。名主としては災難だろう。自分には関わりがなくとも、村人に差紙がつけば、付添として江戸に出なければならないのだから。

「公事を早く終わらせる手はないこともねえ」

時次郎が言うと、

「本当だか」

と甚右衛門は上体を乗りだしてきた。

「ちと手荒で銭もかかるが……。どうしてもと言うなら、お教えしないでもねえ。だがその前にくわしく話してくだせえ。話の起こりから、留役の旦那に訊かれたことまで」

時次郎は煙草盆《たばこぼん》から煙管《きせる》をとりあげ、煙草を詰めた。

二

翌日、時次郎は馬喰町の公事宿、佐原屋の勝手口に立っていた。

「お、兄い、久しぶり。なんだい」

三十半ばと見える男が出てきた。新三郎《しんざぶろう》という下代《げだい》である。

佐原屋は、もともと時次郎が奉公していた公事宿だった。

時次郎は相模国愛甲郡《さがみのくにあいこうごおり》の農家に次男として生まれた。幼いころから物憶えがよく、読み書きもそろばんも抜群の出来を示したので、薦める人があって江戸へ出て佐原屋へ奉公したのである。

大島村の甚右衛門は、偶然にもその佐原屋の客だった。どうせのことならと思い、佐原屋に挨拶がてら、くわしい話を聞かせてもらうつもりだった。

の筆頭格になっている。

「ちょっと出られるか」

新三郎は時次郎が奉公していたときに面倒を見た後輩である。いまでは佐原屋で下代の筆頭格になっている。

「まあ、ちょっとだけなら」

「頼む。聞きたいことがある」

新三郎はうしろを気にしつつ、下駄をはいて土間に降りてきた。

「出かけるって、言っとかなくていいのかい」

「旦那は差添役《さしぞえやく》で出てるし、おかみさんも留守でして。かまわねえかまわねえ」

ふたりは裏口から出て、通りを歩いた。

「みな元気か」

「まあ、変わりはないねえ」

佐原屋は時次郎にとってもとの奉公先だが、同時に嫁の実家でもある。おみつは、佐原屋の長女なのだ。

奉公するうちに、時次郎とおみつは互いに惹《ひ》かれあったのだが、主人の娘と奉公人とでは身分違いの上、おみつには小伝馬町の旅籠の跡取り息子との縁談が進められていた。許されぬ仲だったのだ。

縁談をきらったおみつが時次郎と語らって駆け落ちしたのは、時次郎が二十八、おみつが十七のときだった。

親が許さぬ駆け落ちは、罪になる。ふたりは江戸を出て相模や上野《こうずけ》といったあたりを渡り歩いた。

しばらくして先代が死んだので、ふたりは許されて所帯をもった。そんなわけで時次郎にとって佐原屋は昔の奉公先であり、親類でもあるが、少々敷居が高くて近づきにくいところでもあるのだった。

「暇がねえだろうから挨拶抜きで聞くが、下総大島村の名主が泊まっているだろう。背が高くて顔の長《なげ》えやつだ」

「来た」

歩きながら、時次郎は口早に訊いた。

「ああ、泊まっているが……。まさか、兄いのところへ行ったんで？」

「………」

「かき回すつもりはねえ。断ってもいいんだが、まずはようすを聞いてからと思ってな」

「あれは、どうも筋はよくねえみてえで。揉めるんじゃねえかな」

「わかってるだけでいい。聞かせてくれ」

二階建ての商家がつづく柳原通り《やなぎわらどお》りに出ると、神田川ぞいに歩いた。

「じゃあ、そこにでも入るか」

風が通りそうな道端の茶屋の縁台に腰を下ろすと、新三郎は話しだした。

大島村の公事はかなり大がかりで、初めに江戸へ出てきたのは留吉と五人組の組頭《くみがしら》、それに名主の三人だったが、最初のお白洲でさらに関わりのある四人を呼び出すことになり、ひと月ほどして二度目の吟味でまたふたりの追加が出て、いまは九人が佐原屋で寝泊まりしているという。

「本来、仏さまを埋める前に出してないといけない申し状をいくつか出してないってわかったんで、留役の旦那もご立腹でしてね、これからも人数が増えるかもしれねえ」

「そりゃ名主としては困ったことだろうが」

時次郎は顎をなでた。甚右衛門に聞いたことと、聞いていないことがある。

「留役の旦那は、何を聞きたがっているんでえ。大島村の連中を疑ってるのか」

「つぎつぎ呼び出しをかけるところを見ると、そうかもしれねえ」

「殺しか」

新三郎は首をふり、それから声をひそめて、

「どうも隠し金がからんでるみてえで」

とささやいた。

「隠し金？」

大島村の茶屋を襲ったという十数人の無宿者は、賭場を開くほかに金持ちの商家に集

団で押し込みをしては盗みをはたらいていたらしい。そこで盗んだ数百両にのぼる金が、いまだに行方不明だという。

「無宿人の頭《かしら》はとっくに捕まって、三月《みつき》前にこれでさ」

新三郎は手で首を刎《は》ねる仕草をした。

「でも金の隠し場所は吐かなかったって。だからまだ金は残っているはずで」

「この吟味で、その隠し金を尋ね出そうというのか」

「へえ。だから吟味は、お寺社奉行じゃねえでしょう」

お定めだと、天領だけでなく大名領にも関わる吟味は寺社奉行があたるはずだが、大島村への差紙は勘定奉行からついた。博徒一味の吟味を勘定奉行がしたので、そのつながりで大島村も勘定奉行が調べることになったのだろうと言う。

「殺されたやつってのは無宿者一味を裏切って、金を奪って隠したそうで。たぶんその茶屋の近くに隠したんだろうって。だから旦那方も張り切って……」

「そうか。けっこう込み入った話だな」

ここまでの話でも、甚右衛門は時次郎にかなり隠しごとをしていたことになる。

「ええ。下手《へた》に首を突っ込まないほうがいいですぜ」

「いや、おもしろくなってきた」

依頼人に隠しごとをされては、そのままにしておけない。

「どうしてくれようか。なめてもらっちゃあ困るが、さりとて一度請けた頼みは果たさねえわけにいかねえし」

「え？」

新三郎はきょとんとした顔をした。

「ありがとうよ。また教えてくれ」

「はあ……。ああ、おみつさんによろしく」

会釈する新三郎と別れると、時次郎はつぎに神田相生町《あいおいちょう》を縄張りにする貞吉《さだきち》親分の家に顔を出した。

親分は天麩羅屋《てんぷらや》の奥にすわって帳つけをしていた。本業は地面屋だが、食い物屋をいくつか情婦や手下にやらせているのだ。

一方で八丁堀の旦那から手札をもらって御用もつとめている。こちらのほうの手下も多くて、貞吉親分といえば界隈ではいい顔である。時次郎とは公事宿にいたころからのなじみだった。

わけを話して米助《よねすけ》という下っ引きを借り出し、佐原屋に泊まっている留吉を見張って、外出したときの行き先を突き止めておいてくれと頼んだ。寺社への物詣《ものもう》でや買い物のほかに、江戸の知り合いを訪ねるはずだから、その知り合いを洗ってくれと。

手間暇かかる頼みだったが、お安い御用で、と米助はうけあってくれた。

「悪いな。礼は十分にさせてもらうぜ」

「その台詞《せりふ》、憶《おぼ》えておきますぜ」

米助は吊り目で唇が薄く、一見酷薄そうに見えるが、仕事の腕は信頼できる男だ。まちがいなくやってくれるだろう。

「おれはちと江戸を離れるんで、もどったらまた来る。そのとき調べたことを教えてくれ」

「おや、どこへ行きなさるんで」

目をあげた米助に、時次郎は唇の片方だけをあげてみせた。

「こっちも調べものがあるのさ」

三

二日後、時次郎は佐倉道《さくらみち》をおみっとふたりで歩いていた。

成田街道とも呼ばれる佐倉道は、東海道や中山道《なかせんどう》などの五街道ほどではないが、道幅は二間《けん》から三間あり、市川宿《いちかわじゆく》をはじめ一、二里（一里は約四キロ）ごとに宿場もあって歩きやすい。いまは成田山参りの江戸っ子でにぎわっていた。

「おう、茶屋があるぜ」

街道の右手に池が広がる見晴らしのいい場所に、茶屋が一軒あった。

「どこでもいいよ。休ませておくれ」

おみつは弱々しい声を出す。手拭いを団扇《うちわ》がわりにしてさかんにあおいでいる。

「ああ、いくらでも休むがいいさ」

「相変わらず冷たいね。ありがとう」

当初、時次郎はひとりで大島村へ行くつもりだった。そこで旅支度をはじめたところ、おみつがあたしも行くと言いだした。

「だって佐倉なら少し足を延ばせば成田山でしょうに。この際だからお参りして行こうよ。お願いすること、いろいろあるでしょう」

「成田山は子宝まで手を回していたかな」

「あるよ。きっと効験《こうけん》があるよ。いっしょにお参りしようよ」

と言って聞かない。このところ宮参りにも芝居見物にも連れていってやらないため、おみつにも不満が溜《た》まっているようだ。やむなくふたり連れとなったのである。

しかし慣れない草鞋《わらじ》をはいたおみつは、半日歩いたところで足のまめを潰し、八千代《やちよ》の大和田宿《おおわだじゆく》に着くと、痛みでこれ以上は歩けないと言いだした。せめてもうひとつ向こうの臼井宿《うすいじゆく》まで行きたかったが、無理だった。

やむなく大和田宿で泊まった。翌朝になると痛みはいくらか和らいでいたので、宿で分けてもらった油薬――薬屋さんに薬を分けるとは、と宿の者に笑われたが――を塗り、足袋《たび》を替え、ゆっくりと歩いて大島村への入り口にあたる追分《おいわけ》まで来たのである。

縁台に腰を下ろしたおみつは、さっそく潰したまめに油薬を塗っている。

時次郎は、道々、薬草が生えていないか、珍しい草木はないかと眺めまわしながらの道中だった。しかし上総《かずさ》や下総あたりでは、珍しい草木などは見当たるはずもなかった。せいぜいが市川あたりでイチイの群生があるのを見つけた程度だった。

――竹はバンブース、だったな。

ときどきオランダことばを思い出したりもする。梅はブロイムボームか。

長崎へ行けるようになれば、道々、草木を見ていくだけでも面白そうだなと思った。もっとも、まだまだ遠い夢ではあるが。

熱い茶とみたらし団子を頼んでひと息入れたところで、店のおやじに話しかけてみた。

「このへん、半年ほど前に大捕り物があったっていうじゃねえか。江戸まで聞こえてきたぜ」

「へえ、たしかにありましたけどね、江戸まで聞こえてましたか」

「無宿渡世の荒くれ者十数人に捕り方が四、五十人がかりで、いくさみてえな捕り物だったって評判だあな」

「へえ。評判ねえ。おかげさんで、このへんも静かになりましたけどねえ」

さいわい店は暇そうで、おやじも話好きなようだ。盆を胸にかかえて話をする気になっている。

「静かになったのはけっこうだ。で、隠し金ってなあ、出たのかい」

「へ？」

おやじは白髪頭をふって聞き返してきたが、さほど意外そうな顔はしなかった。

「あのな、江戸のうわさにゃ尾ひれがついていて、連中は何百両ものお宝を隠してるって話になってる。盗みばたらきで溜めた金銀が、このへんに埋めてあるって、そんな話だ」

「へえぇ、そんなことまで江戸でうわさになってるだか」

おやじは目を見開き、汚い前歯を見せた。

「捕り物があったのはこの先の矢筈《やはず》って村で、この大島村でもひとり殺されてっだ。お宝なら、そのどちらかに隠しただろうってうわさだ」

「ほう、ここで殺しか」

「仲間割れだよ。連中のやりそうなこった」

「物騒だな」

「大変なのはうちの村だべ。殺された場所が茶屋で、あわてて死体を埋めちまったもんだから、疑われて江戸から差紙がついただ。名主が江戸へ飛んでったべ」

「お白洲に出るのかい。そりゃ大変だな」

「自業自得ってやつだあ。茶屋の裏手に掘っ立て小屋ぶっ建てて、お許しも得ずに木賃宿まがいに客を泊めてたからな。あんなこと、名主が止めなきゃ。おれはなんとかしろって何度も言っただよ」

「ほう」

場所は少し離れていてもおなじ茶屋同士、このおやじは熊蔵の商売敵《しょうばいがたき》ということか。それはおもしろい話だという顔をすると、おやじは縁台に腰を据えた。

「わからなくもないけどねえ。茶一杯、団子一本売ってたんじゃあ稼げねえってんで、荒稼ぎしようとしたんだな」

茶屋がいかに儲《もう》からないかを話したあと、

「ここだけの話だけどな、あそこの兄ちゃんも、一味だっただ。だから名主も強く言えねえで、だまって客を泊めるのを見てた。それがそもそものまちがいだな」

と、声をひそめた。

「ほほう。無宿人に肩入れしてたのかい」

「お上の取り締まりがゆるいから、無宿人の群れににらまれたらどうにもなんねえし」

「そりゃそうだな」

名主といえば甚右衛門だ。やはり甚右衛門も真っ白ではないらしい。わざわざ来てよかったと時次郎は思った。

「その兄ちゃん、やっぱりちょっと強面《こわもて》の？」

「いんや。目が細くて小狡《こずる》そうな顔だった。ま、大柄は大柄だったな。ちと足を引きずってたけど。だから百姓仕事は無理だってんで、茶屋をはじめたらしいけどね」

いくらか事情が透けて見えてきたようだ。

「その茶屋ってのは、いまもやってるんですかい」

「いやあ、世間に顔向けできねえって、いまは閉じてるよ」

「ちょっと見てみたいね。遠いかい」

「物見高いねえ。まあこの先十町ほどだけど」

「いくさみたいな捕り物があったところは？」

「そこからまた七、八町かな」

「道順を教えておくれよ」

「宝探しなら無駄だべ。お城のお役人どころか、みんな鵜《う》の目鷹《たか》の目で探したけど、何も出なかったって」

「あはは、そんなことはしねえ」

足が痛いというおみつを茶屋において、時次郎は足早に大島村に向かった。

四

三日後――。

天竺屋の奥の間には甚右衛門がすわり、煙草の臭《にお》いがただよっていた。

「お公事を早く終わらせるには、ひとつだけ方法がある」

時次郎が言うと、甚右衛門は「ほお」と声を漏らした。

「ただし金はかかるし、大きな声では言えねえ方法だ。見つかりゃあぶねえが、それでもやるというならお教えする。どうかね」

「金とは、どれほど？」

「まあ、とりあえずは四十両ってとこかな。ことによるともう少しかかるかもしれねえ」

甚右衛門は腕組みをして天井をにらみ、

「それなら、痛《いて》えが何とか」

と答えた。ひとり一日の宿代が二百六十文あまり。それが九人となると二日で一両を超える。三月も滞在すれば四十両ぐらいすぐに飛んでしまう。一年早く終われば百両や二百両は浮くのである。否やがあるはずがない。

「口外無用だぜ。それと心得ておいてもらいたいのは、お仕置きが甘くなることはねえってことだ。言い渡しは変わらねえよ。そいつは何百両積もうが無理だね。ただ何もしなきゃあ二年かかるものが一年になるってことはある。それでいいね」

「ああ、どうせ過料ですむなら、とにかく早く終わってもらいてえだよ」

「わかった。じゃあまず薬代五両をおれに払ってもらおう。終わったらあと五両だ」

あらかじめ聞いていたらしく、甚右衛門は懐の財布をとりだすとくるくると紐《ひも》を解《ほど》き、小判五枚を数えて時次郎の前に置いた。

「じゃあ教えよう。つまりは袖の下だ。こいつを袖の下に落とすと、少しはいいことがあるって寸法だ」

時次郎は小判を袖の中に落とし込む仕草をしてみせた。

「だがその落とし方がむずかしい。人を選ばねえと、いくらそそぎ込んでも無駄だ。だから言うとおりにしねえ」

「もちろん、まかせるだ」

「よし。じゃあこれからかけ合うから、あんたは宿へ帰って連絡を待ってくれ。ああ、すぐに四十両はいらないが、二、三両くらいは用意したほうがいいな」

と言いふくめて帰すと、その日のうちに時次郎は米助のところへ出向いた。先に頼んでおいた調べは進んだかと尋ねると、

「旦那の言うとおりでさあ。佐原屋から出てきたんでつけていったら、本所の長屋へ行

きましたぜ」

　米助はにこやかに告げる。

「江戸に知り合いがいるってのは、下総の在なら珍しくねえでしょう。だがあれはただの知り合いじゃねえな。ずいぶん親しげに話してましたぜ」

「どんなやつだった」

「市之助《いちのすけ》って名乗ってましたが、四十前の男で、背が高くて色黒で、目が細くて頬骨の張った顔でね、いつも杖《つえ》を手に歩いてますぜ」

　米助は手ぶりで男の特徴を伝えようとする。時次郎は小さく何度もうなずいた。

「で、留吉はひとりで訪ねたのか」

「いいえ。名主やほか二、三人と一緒で」

「一緒？」

　時次郎は高い声を出した。しばらく無言で宙を見ていたが、

「そういうことか。こりゃできてるな」

とつぶやいた。甚右衛門もずいぶんとうそをついているようだ。

「どうします。まだ見張っておきますか」

　米助は目を細めて時次郎を見ている。

「いや、佐原屋のほうはもういい。本所の市之助とやらをもう少し調べてくれ。いまの

生業《なりわい》やら懐具合やらをな」

次の日、時次郎は佐原屋に使いを出して甚右衛門を呼び出し、いっしょに深川の松本へ出向いた。

曇り空の下、白帆をふくらませて大川を行き交う舟を眺めつつ、上流へと歩く。

「こりゃ料理屋だか」

入り口の黒板塀の前で立ち止まった甚右衛門が、左右を眺めまわして言う。

「ああ、江戸でも名うての、うめえもんを食わせる店さ」

深川の松本といえば料亭として名高い。それだけに値段も高くて、小座敷で三人で会食すればまず一両から一両一、二分、つまり武家に奉公する下男下女の給金の半年分が飛んでゆくのだから、おそろしい場所である。

時次郎も入り慣れているわけではないが、ときどき商売絡みで利用する。甚右衛門にしてみれば、それこそ生まれてはじめて江戸の料亭へ足を踏み入れるのだろう。

「なにせお願いをするお方は旗本のご家中だ。失礼があっちゃあいけねえ。これくらいでおどろかねえでくれ」

「ああ、おまかせするだ」

「あんたはだまって、話を聞いていてくれればいいから。頼み事はおれがする」

甚右衛門の顔が強ばる。

黒塗りの格子戸をあけて中へ入ると、築山《つきやま》のある庭が広がる。飛び石づたいに母屋へ。そしてしばらく待っていると離れの座敷へ案内される仕組みである。

「あのな、今日会わせるのは白石家っていってな、大御番《おおごばん》で千石取りの旗本の用人《ようにん》さ。ただ、あんまり旗本の名を憶えててもいいことはねえから、早いとこ忘れな」

甚右衛門に小声で伝えたところで、お待ちのおひとりさまお越しです、と仲居が告げ、離れに案内された。

松本の豪勢な料理と酒を味わったあと、事件のあらましと早い決着を願っていることを伝えて、

「哀れな百姓どもをお助け願いたく、ひとつお骨折りいただけませんでしょうか」

と時次郎は頭を深々とさげた。

髪を本多に結い上げ、大小を差した男は、とくに引き受けるとも断るとも言わず、時次郎と時節の話や用人仲間の誰それの消息を話しただけで、その場を去っていった。

「あれで、いいんで？」

黒板塀の前で見送った甚右衛門が不安そうな顔をする。

「ああ。まずは聞くだけだ。あとで話がつけられそうかどうか、返事がある。くわしい手口は、そこからだ」

「そんなもんで……」

「旗本といっても、なかなか内情はむずかしくてね、出世できるかどうかは世故に長《た》けた用人がいるかどうかで決まるから、用人の力ってのは馬鹿にならねえ」

「へえ」

「一足飛びにお奉行さまの用人に話がつけばいいが、あいにくとおれにはそんな伝手《つて》はねえ。だから先《せん》のお方にお願いして、話をつないでもらうのさ。旗本同士の付き合いがあるように、用人同士の付き合いもあってね。お奉行さまか、駄目なら留役の旦那の用人に話がつくかどうかだな」

「ははあ」

「ま、やってみねえとわからねえが」

「いやあ、是非お願いしますだ」

甚右衛門が頭をさげる。必死のようだ。

松本の払いを甚右衛門にさせて別れた。

二日ほど間をおいた夕刻、時次郎は米助の家を訪ねた。見込みどおり、米助は家にいた。

「市之助のこと、わかったかい」

米助は、得たりやとうなずく。

「へえ、ざっと当たってみましたが……」

長屋にいてもはたらいている様子はなく、さりとて桂庵《けいあん》(口入れ屋)に出入りしているようでもない。それでいて時に吉原へ行ったりして、金回りは悪くなさそうだという。

「ふうん。金回りは悪くない、か」

時次郎はつるりと顔をなでた。となると……。

「旦那方の狙いどおりかもしれんな」

「え？」

大島村の者たちが無宿どもの一味ではないかと、留役はうたがっている。一味かどうかはわからないが、なにかのつながりはあるらしい。

もしそうだとしたら、こちらはどう動けばいいのか。つぎの手はどう打つのか。

少し考えていた時次郎だったが、米助には、

「もう少し見張ってくれ」

と頼んだ。

「へえ。心得てます」

米助は子分どもを使い、交替で見張らせているという。

「見張りを増やしてくれ。ふたり、いや三人で見張って、市之助が足拵《あしごしら》えをして出てきたら、早速おれにしらせてくれ」

そう頼んでおいて、時次郎は米助の家を辞した。

一日おいて、時次郎は昼すぎに佐原屋に使いを走らせ、甚右衛門を呼び出した。

「どうやら話がつきそうでね」

駆けつけてきた甚右衛門に、時次郎は言った。甚右衛門は目を輝かせた。

「ほう、ずいぶんと手早いこって」

「いや、まだ油断できねえ。まずはお奉行さまの用人に話をつけるんだが、そこから先は読めねえ。なんと言ってくるか。留役の旦那にも礼をしなきゃあなんねえし」

「ま、とにかく進めてくだせえ。お話に出たほどのお金なら、用立てましょうに」

金で片がつくなら、と言いたげだ。

「大丈夫かい。けっこうな金額だと思うが」

と時次郎は念を押した。

「仕方ねえべ。あるだけは払って、足りないようならどこかから借りるべ」

あまり心配していない顔つきだった。

「じゃあ、まず四十両、用意してくれ。それにまた深川へ行くから、その飲み代《しろ》もな」

天竺屋を出る甚右衛門を時次郎は表へ出て見送ったが、その十間ばかりあとを若い者《もん》がつけてゆくのを見て、思わずにやりと笑った。

五

翌早朝、時次郎は亀戸天満宮《かめいどてんまんぐう》の境内の茶店で、米助たちのしらせを待っていた。前の晩に米助の子分から、甚右衛門が本所の市之助の長屋へ寄って長々と話し込んでいたと聞いて、夜のうちに手回しをしたのだ。

「出ましたぜ」

米助の手下の若い者が駆けつけてきた。すでに旅支度をしていた時次郎は、「よしきた」と声をあげて外へ出た。

「急がなくても大丈夫でしょう。あの足なら」

「言われねえでもわかってるよ」

時次郎は南に向かい、佐倉道へ出た。どうせ大島村の近くに行くに決まっているので、本所からこの道に出るはずだ。

しばらく歩くと案の定、笠《かさ》をかぶった背の高い男が草鞋と脚絆《きゃはん》で足をかため、尻からげをした姿で杖を手にひょこひょこと歩いているのを見つけた。やはり足を引きずっている。

あいだにふたり連れと見える旅人をはさんで、米助がつけている。時次郎たちは米助からさらに十四、五間はなれて歩いた。佐倉道は、この日も行き交う人が絶えないほどの人出で、時次郎たちは目立たずにすんだ。

市川宿、八幡宿《やわたじゅく》と、休みもしないで男は歩いてゆく。うしろをふり返る気配などまったくない。あせりが感じられる歩き方だった。つけてゆく方には好都合である。

船橋宿の茶屋でひと休みしたあと、またふり返りもせずに歩き出した。この分だと夕暮れ前に大島村へつくだろうと思っていると、男は急に左手の間道へ折れていった。

あたりに人家や田畑は少なく、鬱蒼《うっそう》とした森や藪《やぶ》が広がっている。

人通りの少ない間道だけに、素直に跡をつけると目立ってしまう。迷っていると、男のすぐうしろを歩いていたふたり連れの旅人も間道へと曲がった。米助もつられるように間道に入った。それなりに人通りがあるのかと安心し、時次郎も少々距離をおいてついていった。

男はうしろも見ずに歩いてゆく。さらに細い道に入ると、やがて里山の中へ入った。立ち木と曲がりくねった道に見通しが利かなくなり、姿を見失った。

「いけねえ。急ごう」

歩みを速める。坂がきつくなる。息を切らして登ってゆくと、尾根についた。平らになっている道の先に、茅葺《かやぶ》きの小屋が見えた。

「こんなところに隠してやがったのか」

時次郎はつぶやいた。

市之助と名乗る男は、差紙をつけられた茶屋の主《あるじ》、熊蔵であろう。

別に不思議でも何でもない。

下総の村にいられなくなって逐電したとすれば、行き場所は江戸というのが定石である。他の村にでも入り込もうとすれば人別帳《にんべつちよう》を移す必要があるから、行き先がわかってしまう。人別帳が不明でも受け入れてくれるのは江戸、それも本所のような新開地の雑踏の中しかない。

しかもそこへ名主のほか村人たちが顔を出しているのだから、熊蔵は名主たちが承知の上で逃がされたのだ。いてもらっては村にとって都合が悪いのだろう。三十日の「尋ね」を二度も出したなど、茶番もいいところだ。

熊蔵は無宿人の仲間として、殺された無宿人が金を隠すのを手伝ったのだ。

そのあと隠した者は殺され、仲間の無宿人の主立った者も捕まって死罪になったので、思いもかけず隠し金を自由にできるようになった。事件に差紙がついたときはあせっただろうが、身の安全のためにその金を役立てたのだろう。

そして甚右衛門が天竺屋からの帰り道に本所の熊蔵の長屋へ寄ったのは、金を出せと交渉するためだった。

甚右衛門の金の出所は、熊蔵だったのである。

ここまではわかった。

あとは熊蔵が隠している金の在りかを突き止めればいい。

路地との境が障子一枚の長屋に大金を持ちこむ馬鹿はいないから、どこかへ隠しているはずだ。

　四十両が必要と吹っかければ、金を取りだすため熊蔵は隠し場所へ出かけるはずだと、時次郎は読んだ。そしてねらい通り、熊蔵が動いた。いま向かっているところこそ、その隠し場所だろう。

「金をもって出てきたら、ふん縛《じば》るんで？」

　若い者がきく。

「そんなことするかい。おれは荒事はきらいだ。やり過ごして、隠し場所に金が残っているのを確かめるのさ」

「で、盗人の上前をいただくと」

「馬鹿野郎。それじゃあ盗人とおなじだ」

「へ？」

「絵図を描いて、おおそれながら、ここに盗んだ金がありますぜと書状をつけて目安箱へ投げ込むんだ」

「本気ですかい」

「そうすりゃ、お奉行さまの見込んだとおりに金が出てきて一件落着、大島村のやつらの吟味も終わるだろうよ。おれは吟味を早く終わらせてくれって頼まれてんだ。金をもらった以上、仕事はしなきゃあな。ことによると大島村の誰かがお縄になるかもしれねえが、そこまでは知らねえ」

「へえ。律儀なこって」

甚右衛門たちの立場が見えてから、時次郎はもうけることはあきらめ、ただとばっちりを食わぬよう、用心して立ちまわろうとしていた。

実は、甚右衛門を旗本の用人になど会わせてはいない。用人は知り合いが扮《ふん》したにせもので、四十両を熊蔵が隠し金から出すことを見込んだ上で、金の隠し場所を探り出すために仕組んだ芝居だった。

隠し金さえ見つかれば公事はすぐに終わり、甚右衛門との約束は守れるはずだし、もし隠し金などなければ、今度こそ本物の用人に話をつければいいと思っていた。

見れば小屋の手前の木立に隠れるようにして、米助が立っていた。足音をしのばせて近づくと、米助が小屋を指さした。

「やつは？」

「中へ入りやしたが……」

「おう、するとやはりあれか」

ちらりと空をあおいだ。まだ九つ（午後十二時）過ぎだ。急いで今日中に本所へもどるつもりだろう。

「いや、それはいいんですが……」

米助が当惑した顔で言う。

「あそこに、ふたり組が。おれたちと同じように、やつをつけていたみたいで」

「なに？」

男と米助のあいだを歩いていたふたり組の旅人が、近くの木立に隠れて小屋を見張っているという。指さされて見れば、たしかにふたりが小屋の様子をうかがっている。

「無宿者の片割れか」

思いがけぬ邪魔者だ。時次郎は緊張した。

「お縄になったやつらの仲間かもしれねえ」

「だったら匕首《あいくち》くらいは呑んでいるだろうよ。用心しねえ」

話しているうちに、背後に足音がした。

ふり返ってぎょっとした。

どこから湧いたのか、十数名の男どもが立っているではないか。それもみな、腰に脇差をぶちこみ、頬被《ほおかむ》りして顔を隠している。

――無宿者の生き残りが、こんなにいたのか。

そちらのほうは、まるで用心していなかった。しくじったと思った。

米助も、言葉が出ないようだ。

男たちはじわじわと近づいてくる。

「や、やいやい。てめえら、どこのどいつだ。こっちは御用の筋で足を運んでんだぜ。それをわかって沙汰におよぼうというのか」

若い者が声を張りあげた。

だが江戸の町中でもないし、見ている者もいない中では、いくら御用の筋といっても通じない。時次郎ら三人とも殺して埋めてしまえば、それで終わりだ。捕り方相手に合戦なみの戦いをしたという無宿者どもが相手では、なんとも分《ぶ》が悪い。

男たちはなおも近づいてくる。

こうなったら、かなわぬまでも暴れるだけだ。見苦しい真似だけはすまい、と心に決めて、手ごろな棒でもないかと時次郎は左右を見まわした。そこに、

「あんたら」

と男たちの先頭に立つ者が話しかけてきた。

「御用の筋ってのは、本当かい」

意外におどおどした声だった。何だこいつらは、ととまどっていると、小屋のほうで

「わあっ」と声がした。

そちらを見ると、市之助こと熊蔵が、ふたり組の男に押さえ込まれようとしていた。

熊蔵は奇声を発してあばれたが、ふたり組は容赦なく拳骨《げんこつ》で男を打ちすえた。叩き伏せられ、地面に組み敷かれた熊蔵は、

「勘弁してくれ、とっつぁん」

と悲鳴をあげた。

「手間かけやがって。さあお白洲に出て何もかも正直に申しあげろ！」

ふたり組は興奮した声を出す。

——お白洲？　とっつぁんだと？

こいつらは無宿者じゃあないのか？

時次郎はわけがわからず、この捕り物劇を見ていた。


十日後——。

天竺屋奥の間で、時次郎は控帳に今回の事件の顚末《てんまつ》を書き付けていた。

悪党熊蔵、隠シ置キタル金子《きんす》残ラズ差シ出《いだ》シ、畏《おそ》レ入リ候躰《そうろうてい》ニテ……


「で、袖の下は効かなかったの？」

おみつが茶をすすめながらきく。

「おれがそんな御法度を犯すかよ」

「あら、そうなの」

「おれだって、危ねえと思ったらそれなりのやりようを考えるさ」

隠れ家で熊蔵を捕まえたのは、大島村の者だった。

大島村は一枚岩ではなかった。

名主の甚右衛門と対立する一派がいて、熊蔵をかばう甚右衛門の対応に不満を持ち、独自に動いていた。大島村で事件に関わりがあったのは熊蔵一家だけだったため、引きずられて村全体に害が及んではたまらないと考えたらしい。

そこで熊蔵をさがしだして捕まえ、お上に突き出したのだ。あの場で時次郎たちにむかってきた十数名の者も、その一派の者たちだった。

留役の吟味は、熊蔵がお白洲に出てきた上、盗んだ金も出てきたため、一度でほとんど終わった。おそらくあと一、二ヶ月で言い渡しがあるだろう。

熊蔵は死罪、甚右衛門は名主を罷免《ひめん》の上、所払い、五人組の者たちは三貫文の過料といったあたりか。

「ふうん。じゃあ残金は入るの？」

「無理だな」

甚右衛門も牢の中で、時次郎への支払いどころではない。しかも米助への謝礼で、先にもらった五両もほとんど残っていない。

「今度ばかりは、まさにくたびれもうけだな」

そういうこともあるさ、と時次郎はつぶやいた。

「でも暇になったのなら、今度こそ成田山へお参りしなきゃ。駕籠《かご》で行こうかしら」

いい気味だと思ったのか、おみつがはしゃいでみせる。時次郎はおみつをにらみつけた。

「おいおい、いくらかかると思ってるんだ」

「あんたがついてないのは、近ごろお参りしてないせいよ。厄払いしなきゃ。ねっ」

そう言うと、おみつは笑みを含んだ目で時次郎をにらみ返した。

漆《うるし》の微笑

一

天竺屋の奥の間には、珍しい客がきていた。

着ているものは黒衣《こくえ》で、頭は丸めている。年の頃は五十路《いそじ》を過ぎているだろうか。目尻に深い皺があり、目つきは鋭い。ただし袈裟《けさ》はつけていない。僧侶ではないのである。

「なるほど。そりゃお困りでしょうねえ」

今年は早めに出した長火鉢の前にすわる時次郎は、話をうながすように相づちを打った。坪庭で鳴いている秋の虫の声がふたりのあいだに流れている。数日前に西風が強く吹いて、わずかに残っていた夏の気配をきれいさっぱりと拭い去っていった。そのあとは曇りがちで、昼でも小寒いほどだった。

「手前も長年、この生業《なりわい》をしておりますのでな、中にはずいぶんとむずかしい注文もありましたが、こうまでわけのわからぬ話ははじめてで」

と男は深刻な顔で言う。

「世の中には、いろんな人がいますからねえ」

時次郎は深い同情をこめて言った。

「まことに、まことに」

とうなずく男は、般若堂勝慶《はんにゃどうしょうけい》といって、浅草阿部川町《あさくさあべかわちょう》に住む仏師、つまり仏像を作る職人である。僧侶ではないが、仏像をあつかう関係から身なりは法体《ほったい》にしている。

大伝馬町《おおでんまちょう》の太物《ふともの》（綿・麻の織物）問屋、播磨屋《はりまや》から持ちこまれた仏像を修理したのだが、その出来具合が悪いとして訴えられたのだ。長引く公事《くじ》に困り果て、時次郎に相談にきたのである。

「なにしろ先祖代々、大切にしてきた守り本尊だっていうんですからね」

播磨屋の言い伝えでは、先祖が上方から江戸へくだってきたとき、その仏像ひとつを背負って出てきたのだという。

「へえ。唐傘《からかさ》一本背負って家を出たってのは聞いたことがあるが、仏さま一本背負ってってのは、そりゃ豪儀だ」

「いや、仏像をまつっている家には、結構そういう言い伝えがあるんですよ。おそらく先祖は山伏か山寺の和尚だったんでしょうね」

その仏像が月光菩薩《がっこうぼさつ》だったから、なおさらそう思ったという。月光菩薩は薬師如来《やくしにょらい》の脇侍《わきじ》だから、本来、日光菩薩《にっこう》と薬師如来と三体いっしょに作られるものだ。月光菩薩一体だけを持っているというのは、どこかから持ちだした証拠だというのだ。

江戸で商売をはじめ、成功した先祖は、商売繁盛は仏像の功力《くりき》のおかげだとして、孫子の代まで大切にするよう言い残したのだと。そのため播磨屋には大きな仏間があり、つねに灯明《とうみょう》や供物《くもつ》をかかさず、当主は朝夕参拝するのが定めになっているのだとか。

ところがその灯明があだとなって、大切な菩薩さまが焼けてしまったのである。

播磨屋は大きな店で、奉公人も十人以上いる。一度の食事につかう食材も多くて、それをねらって泥棒猫がよく来る。

火が出たときも猫がきていて、仏間に入り込んでいた。お供えの団子をかじるネズミをねらったらしい。

見つけた番頭のひとりが追っ払おうとして大声を出したところ、猫が暴れて走り回り、菩薩さまと灯明を蹴倒したという。

だが番頭は倒れた灯明に気がつかず、猫を屋敷から追い出そうと庭へ出た。そのあいだに火は下に置いてあった経典やお飾りの御幣《ごへい》に燃え移ったらしい。

猫を追いかけていった番頭が仏間にもどったときには、うつぶせに倒れた菩薩さまが火の中にあったという。あわてて火を消し止めたが、菩薩さまは焼け焦げてしまっていた。

ぼやを出しただけでも大ごとだが、その上に先祖代々の守り本尊が焼けてしまったのである。大騒ぎとなったあげく、なんとか元通りにできないかと勝慶のところへ持ちこまれた。

勝慶は修理が専門の仏師である。頼まれるままに引き受けた。

「へえ、月光菩薩さまはよくあるんで、さほど手もかからずに直せると思ったんですよ」

勝慶の目には、手慣れた仕事と映ったらしい。

「とはいってもあっしは焼ける前の姿を見ていねえ。寸分たがわぬように直すなんて無理でさ。そのへんはわかってなさると思ったんだが、どうにも聞き分けがなくてね」

直した菩薩さまを播磨屋に持参したところ、ひと目見るなり、

「これはちがう」

と言いだしたのだと。

「あんまり騒ぎなさるんで、二度ほど手直しをしましたよ。ええ。本当はそんなことしなくてもいいんだが」

勝慶はずいぶん機嫌を損じたらしい。腕に誇りをもっている職人が何度も直しをさせられたら、気分がいいはずはないだろう、と時次郎も察した。

「それでも納得してもらえなくってね。こっちも万策尽きちまって、もうこれ以上直せねえと申し入れたんですよ。そしてしばらくほっといたら、なんと町名主を通して文句を言ってきたじゃねえか。とんでもねえって突っぱねたら、今度は目安をつけてきやが

った」

苦々しそうに勝慶は言う。

「修理って、どんな修理をしたんですかい。わかりやすく教えてもらえませんかね」

「これくらいの菩薩さまなんですがね……」

時次郎の問いに、勝慶は両手で高さ二尺（約六十センチ）ほどの姿を示した。

「木彫りの下地に漆を塗ってある、よくあるお仏像なんですが」

持ちこまれたときは顔もすっかり焼けて、真っ黒だったという。

「あの手のものは、木彫りのときにだいたいの目鼻を形作っておいて、あとで木屎漆《こくそうるし》を盛りあげて顔を作るんで。ところが炎で漆が焼けちまってたんでさ」

とはいえ木彫りの下地があるのだから、木屎漆を盛り直してもさほどちがうお顔ができるわけではない。

「まず焼け残りの漆を削り落として下地をむき出しにして、まあこんなお顔だろうと思いながら仕上げたんですがね。それがどうしても違うと言いやがる」

「どこがどう違うって？」

「焼ける前の菩薩さまは、ちょっと微笑んでいるような、えもいわれぬやさしいお顔だったのに、直した顔からはやさしさが消えてるって」

「そりゃあ……、無理筋ですねえ」

「でしょう。見たこともないのに、その通りに直せと言われたってできるわけがないでしょうが。せめて、どこがどうやさしいのか教えてくれればやりようもあるのに、それもねえ。ただもっとやさしい顔だったたって……」

「で、手間賃を返せ、ってわけでもねえんですね？」

「むしろもっと手間賃を払ってもいいから、元の通りに直してくれって……」

「そりゃあ、ふつうの金公事《かねくじ》と逆だね」

時次郎は思わず声をあげた。もっと金をやる、と訴えてくる公事など聞いたことがない。

「あちらの言うことにゃ、その菩薩さまをひと目見た古物商が、三十両で売らないかと持ちかけてきたことがあるそうなんで。無論断ったが、古物商が三十両で買うなら、店に出れば五十両、百両の値がついてもおかしくない、それくらいありがたい菩薩さまだって」

「ほう、三十両とね」

本当なら大したものだ。

「仏さまは、相手の言うように古いものだったたんで？」

男は眉間《みけん》に皺をよせた。

「それが……。はっきりとはわからねえんで。ええ、なかなかわかりにくいものでして」

「新しいとも古いとも言いかねるということですかい」

「はあ……。古仏に似せて作ってある、という気はしましたが。その気になれば古い材木を使って似せ彫りして、素人をだますくらいは出来ますんでね。ま、菩薩さまなんで、裙《くん》っていう腰巻みたいなのをつけておられるんだけど、その左の裾が折れてなくなっていたんで、古いように見えましたがね」

「しかし古物商だって、何の根拠もなく三十両だの五十両だのとは言わねえでしょう」

「まあ……。仏像なんて、値があってないようなものでしてねえ」

首筋を掻く男を見て、なるほどつかみどころのない話だと時次郎は思った。

「ただ……」

と勝慶は首をひねりながら言う。

「古仏としても、ありゃあいけねえ。さほどの腕前の仏師じゃねえ。それだけは言える」

と言うと、ためらいを吹っ切ったのか、今度は断言した。

「ここだけの話だが、あの菩薩さまに三十両もの金を出すやつがいるとは思えねえ。お笑いぐさだね。それにいくら払うと言われたって、できねえことはできねえ」

怒りを抑えかねる、といった口ぶりである。

「そんな訴えが、目安糺《めやすただし》を通るとはねえ」

勝慶の興奮を抑えるように、時次郎は静かに言った。

お白洲に持ちこむ前に、訴えが適当なものかどうかをお奉行の下役《したやく》があらためる「目安糺」という関門がある。あやしげな訴えはここではねつけられるはずだが、この場合、すんなり通っているところがおもしろい。

「留役《とめやく》の旦那は、あきれてませんでしたかい」

「それが、真剣な顔であちらの言うことを聞いていなすって」

「ほう」

「先祖の言いつけを守り、神仏を厚くうやまうこと殊勝なり、とか言いましてね」

なるほど。お武家にとって先祖は大切、神仏をうやまう町人も、かわいく映るのだろう。目安糺を通ったのはそのせいか。

「それで、お白洲の対決は？」

「どうにもいけませんや。留役は相手のほうに同情してるとしか思えねえ」

それで不安になって、時次郎を頼ってきたのだろう。

「しかし、直せと言われても直せないわけでしょう。相手はどうしたいのですかね」

「そりゃもう、自分が納得するまで何度でも直せ、と言うんでさ。でもこちらにも意地がありますからね。これでいいと思っているものを、そうそう直せませんぜ。難癖つけるのもいい加減にしてもらいたいね！」

「…………」

どうやら職人の意地と、先祖を大切にする商人の意地とのぶつかり合いらしい。

「ちと調べてみましょう」

時次郎は言った。

「引き受けてくださるか」

勝慶はぱっと目を見開いた。

「ま、お話はだいたいわかりましたんでね……。うちの薬代はふたつ（二割）だけど、その話だと金を払えと言っているわけじゃなさそうだから、ま、五両だね。半金を払ってくれたらはじめましょう」

何度も頭を下げて勝慶が帰ったあと、茶碗《ちやわん》を下げにきたおみつが言った。

「少しは薬屋のほうに精を出してよ。ただでさえ九月なんて薬が売れないんだから」

「薬が売れねえのは、みんな病にかかっていない証拠だ。天下泰平で、めでてえじゃねえか」

時次郎の減らず口にかまわず、おみつは追及の手をゆるめない。

「高い薬草や書物ばっかり仕込んで。商売なんだから、少しはもうけも考えないと、長崎に行く前に飢え死にしちゃうよ」

「おう、頑張ってるぜ」

「でも変な話ねえ」

おみつは小首をかしげた。

「仏さまで争いなんてねえ。仏さまって、ひたすらおすがりするものじゃないの？　あんたも変な話に首を突っ込まないほうがいいよ」

「なに、縁起物の話じゃねえか。仏さまを助けるんだぜ」

反発する時次郎に、おみつはため息まじりに言う。

「なんだかんだ言って、やってみたいんでしょ。あんたは物好きなんだから。今度は仏さまに興味をもったんじゃないの」

「そんなこたあ、ねえさ」

とは言ったが、図星だった。仏像のあれこれを知りたいという思いがうずきはじめている。

「仏さまって、オランダにもあるのかしら。あらやだ、あたしまでおかしくなってる」

「さあ、どうかな。長崎へ行って聞いてみねえとわからねえな」

にやりとする時次郎に、

「仏さまに凝って、買いあつめて家にずらりと並べたりしないでよ」

おみつは不機嫌な顔になった。

二

勝慶が翌日、半金の二両二分《ぶ》を持ってきたので、時次郎はさっそく調べにかかった。

まず知り合いの下っ引きふたりに、勝慶と播磨屋の評判をそれぞれ調べるよう頼んだ。ついでふだんからお参りしている近所の寺へ出向いて、懇意にしている坊さんから出入りの仏師を紹介してもらった。

さっそくたずねた駒形《こまがた》の店は間口が四間《けん》あり、二間半の袖蔵《そでぐら》もついたたいそうな構えだった。時次郎は感心してしまった。

――仏師ってのは儲かるもののようだな。

勝慶の店もこんな繁盛ぶりなら、五両は安すぎたかとちらりと思った。

入り口の障子には「大仏師　玉真堂梵海《ぎよくしんどうぼんかい》」と墨書してあった。入ってみると弟子と見える若者たち数人が、木に鑿《のみ》をふるっている。

梵海という仏師は五十過ぎと見えた。墨染めの衣ではなく、灰色の作務衣《さむえ》を着て、裾についた木くずを払いながらあらわれた。

しばらくは和尚の話をして座をほぐしておいて、じつは知り合いが土蔵を掃除したところ、古い仏像が見つかって、と時次郎は考えておいた作り話をした。それが壊れていて、お顔もネズミにかじられたのか半分欠けたようになっているが、そんなものでも直るか、とたずねた。

まずは仏像の修理について実情を知りたいのである。

「どう直したいのかによるが」

と仏師は不思議そうな顔をしつつ答えてくれた。

「木彫りの芯に漆を塗った仏さまなら、木をかじられていちゃあ直せないね。そんなときは首から上をそっくり取り替えるのかな」

と罰当たりなことを言う。

「漆がはがれたくらいなら？」

「そのときは漆を塗り直すさ。はがれたところだけ塗り直して、あとで古色をつけてもいいし、全体を塗り直してもいいし」

「古色をつける？　そんな手があるんですかい」

「いろいろあるぜ。素人さんの目を誤魔化すくらいなら、さほどむずかしくもない」

「……そうすると、元通りになるかね」

「まったく元通りというのはむずかしいが、お顔が変わるほどにはならねえと思うよ」

芯となる木彫りがしっかりしていれば、仏師の腕次第で漆の盛りあげ方が変わっても、できあがりはさほど変わらないはずだと言う。

「うっかり火にかけてしまったときは、どうかねえ。いや、燃えてしまったわけじゃなくて、表が焦げたくらいなら」

「焦げ具合によるが、一度焦げたところを削り落として、その上に漆を盛りあげるんだろうな。いや、直しの技はまた別でね。うちは彫り物をするんだが、塗りは塗師《ぬし》にやらせるし、台座や厨子《ずし》も別の者にやらせるんだ。ところが直しをやる人はみんな一人でやるからね」

やはり修理というのはむずかしいらしい。それを商売にしている勝慶は、腕に自信があるのだろう。

「高さ二尺くらいの仏像なんですがね」

と時次郎は手で大きさを示し、

「前のほうが焼け焦げてしまったのを直したら、いくらぐらいかかりますかね」

仏師は首をふった。値は仏像によるという。

「世の中には百両でも手に入らない仏像もあれば、百文でも売れないってのもある。そのふたつがおなじように焼け焦げたからといって、直し賃がおなじってわけはなかろうよ」

もっともな話だった。時次郎は丁重に礼を言って仏師のもとを辞した。

つぎにたずねたのは、古物商だった。

仏師とちがってこちらには知り合いが多い。公事宿の下代《げだい》をしていたころから、質物の関わる金公事の目安を書くために質物の値段を調べる必要があり、たびたび訪れては話を聞いていたのである。

　聞いてみると、仏像を好んであつかっている古物商もいるし、仏像が多く売り買いされる市もふた月に一度は開かれるらしい。

「仏さまをほしいという人もけっこう多くてね。値付けさえまちがわなきゃ、いい商売になるんでね」

　と言う。肝心なことを訊いてみた。

「で、その値付けってのは、どうするんで？」

「いやあ、それはもう相場さ」

「相場ってのは？」

「有名な仏師が作った仏さまってのは、やはり高い。だれが作ったかわからないと値は下がるが、それでもうんと昔に作られたものなら、それなりに値は張る。あとは細工のようすだね。ぱっと見て手が込んだものならそれなりの値がつく」

　刀剣とおなじさあね、と古物商は言う。正宗《まさむね》の銘が切ってあってこれは本物と鑑定されれば、それはもう途方もない値がつく。無銘でも古くてそれなりの姿形ならまずまず高い。新刀で田舎刀匠が鍛えたものなら二束三文だ、と。

「仏さまと人斬り包丁がおなじたあ、罰当たりだねえ」

「なに、商いってえのはみんな値をつけるものだからね」

と古物商は動じない。

「ところで、二尺くらいの木を彫って漆を塗った月光菩薩さまに、三十両って値がついているそうなんだが、それくらいの値段は不思議じゃあないかな」

「まあ、何十両って値のつく仏さまはいくらでもあるさ。拝み屋とか欲深坊主とか、ご本尊にして拝観料をとる手合いもいるし、金持ちの中には吉原の生き仏より、木で作った仏さまが好きだって奇特な御仁もいるからな」

「たしかに金持ちにゃ縁起かつぎが多いな」

「木場《きば》の旦那にしろ札差《ふださし》の旦那にしろ、あぶない橋を渡って商売しているって思いはあるんだろうな。だから神仏にすがりたくなる。商売を助けてくれるんなら、五十両や百両なんて惜しくない、とね」

なかなか奥深い世界のようだった。

「ところで、ちと、頼みてえんだが」

時次郎が小声で頼み事をすると、古物商は妙な顔をしたが、

「ま、なんとかなるだろうよ。幾人かに声をかけてみればね」

と言った。

「ありがてえ。頼むよ」

時次郎は手を合わせた。

二日後、大伝馬町を縄張りとする下っ引きの与平《よへい》が、播磨屋の評判を伝えに来た。

「いや、真面目一方の商人で、悪いうわさはありませんぜ」

与平は丸い目をぱちぱちさせながら言う。

「親代々あそこに住み着いていて、信心深いだけに遊びもせず、堅物ぞろいの家だって、まあそんなところで」

「商いのほうはどうでえ」

「そちらも悪くはなさそうで。太物ってえのはさほど波のある商売でなし、倹約につとめてはやりのものをまちがいなく仕込んでいれば、屋台がかたむくってことはないそうで」

おみつが出した茶をすすりながら、与平は言う。

「ふうん。やはり信心深いのか」

「ま、一間つぶして仏間にしているってのは、近所にも知られてますからね。うちがいまあるのはあの菩薩さまのおかげだって、つねづね言っているようですし」

信心深くて悪人でもないとなれば、難癖をつけて金をとろうというつもりはなさそうだ。本当に仏さまの顔を直したい一心で訴えてきているのだろう。

「くだんの仏さまが焼けたぼやにしても、ご近所には迷惑かけたって、番頭さんが謝りに回っていたそうですしね」

「家族や奉公人は、どんなのがいるんだ」

「あそこは……、主人夫婦に娘と息子がひとりずつ。娘も息子もまだ小さくて、嫁取り婿取りって話はまだでしょうな。奉公人は十人くらいいますが、いちいちどんなやつってのは、まだ」

「なるほどな」

時次郎は首をひねった。どうやら手がかりらしいものは何もないようだ。

「ありがとうよ。できれば播磨屋の奉公人に会って直《じか》に話を聞きたいな。十人もいるんなら、ひとりぐらい渡りをつけられねえかな。もちろん、おれのことは内緒でな。礼ははずむって言ってな」

あまり期待せずに頼んで二分金を渡した。

「へっ、こいつはどうも」

と与平はうれしそうに出ていった。

夕方になって店を閉めたあと、今度は浅草の下っ引き、四郎太《しろうた》がきた。こちらには勝慶の調べを頼んである。

「いや、評判、悪くありませんよ」

と四郎太は言う。

「仏像の直しにかけちゃ、江戸でも一、二を争う腕前だって」

「へえ、そんなにかい」

話のようすから腕に自信はありそうだと見ていたが、そこまでとは思いもよらなかった。

「そもそも仏師ってのは上方が本場だけど、江戸のほうもなかなからしい。そんな中でも、あの勝慶ってのはいい腕だって」

「人柄ってのは、どうでえ。意固地だとか頑固だとか、悪いうわさはねえのか」

「いやあ、そりゃ職人だからあんまり人付き合いはよくねえようだけど、それで困ることもないようですぜ。けんかっ早いとか威張りくさっているとかも聞きませんし」

「博奕《ばくち》狂いとか、吉原に入れあげているってのもなさそうかい」

「それも聞きませんねえ。きちんと朝から夕まで仕事をしているようで」

「金を借りていて首が回らねえってこともねえのか。素面《しらふ》のときはいいが、酒癖が悪いとか」

「酒は飲むようですが、悪い酒ではないみたいで。金もどうだか。困っているとは聞いてませんがね」

「へっ、仏師だけに仏さまみてえなお人か」

双方ともに絵に描いたような善人で、引っかかってくるところがどこにもない。

「善人同士がお白洲で、仏さまを真ん中にして突っ張り合いか。めずらしいこった」

四郎太と笑い合ったが、内心、そんなことはあるまいと思っていた。

三

十日ほどして、北風が吹いた日の昼過ぎに、勝慶が天竺屋にふたたび顔を見せた。

「対決でもありましたか。どうでした」

顔色を見て時次郎が切り出すと、

「いやあ、とんでもねえ」

と、この世のおわりとでも言いたそうな顔で言う。

「どうも留役の旦那、面白がっているとしか思えねえ。これ仏師、そなたの腕前もあがることじゃ、この者の納得するまで直してみぬか、なんて言われたんじゃあ」

「…………」

「これでも手前はこの道四十年、ひとさまに後ろ指をさされねえように仕事をしてきたんだ。いまさら仏像がどんなもんかも知らねえお侍に言われたくないね！」

「…………」

「餓鬼のころから小刀を持たされて、最初は七宝やら雷文《らいもん》やらの紋様彫りよ。それができるようになると大黒さまだ。大黒さまのふっくらした笑顔がきちんと彫れるようになるまで、何年もかかるんだ。おつぎは恵比寿《えびす》さまよ。そこまで彫れるようになって、ようやくお不動さまにかかる。それも三年や四年の修業じゃねえ。一心不乱に彫って……」

勝慶の目がうるんでくる。

「それだけじゃねえ。仏師と呼ばれるには釈迦《しやか》、大日《だいにち》なんかの如来に文殊《もんじゆ》、地蔵などの菩薩、梵天《ぼんてん》、帝釈《たいしやく》の天部、十二神将、お大師さま。ありとあらゆる仏を彫れなきゃあいけねえんだ。どれだけ修業をしたか、あんたわかるかい！」

「まあまあ。落ち着いて。ここはお白洲じゃねえんだし」

「そりゃそうだが、悔しくて悔しくて、どうにもいけねえ」

よほどこたえているらしい。無理もない。お白洲に引き出されるだけでも大変なのに、無理難題を吹っかけられて職人の誇りを傷つけられ、訴訟に応ずるために金銭もずいぶんと使ったはずだ。

「まだ内済《ないさい》もしてないし、言い渡しもないんでしょうな」

「あたりまえでさあ。あんな無体な言い分、のめるはずがねえ」

「けっこうですね。もう少し引き延ばしてもらいましょうか。ちょっと手間がかかりますんでね」

それでもまだあれこれと話したがる勝慶につきあって、小半刻ばかり相づちを打つ羽目になった。

「だいたい見えてるんだ」

時次郎が言うと、勝慶は目を瞠《みは》った。

「もう少し待ってくだせえ。たぶんきれいに片づけられると思うんでね」

不安そうな勝慶を帰してから、下っ引きの与平のところへ足を運んだ。公事はかなり進んでいるようだ。急がねばならない。与平はいなかったが、例の件を急げと言伝《ことづて》を残しておいた。

与平が来たのは、翌日の昼下がりだった。

「待ってたぜ。どうだった」

「ひとり、奉公人に渡りをつけましたぜ。すぐにでも会いますかい」

若い手代だが、まずまずしっかりした男だという。

「そりゃいい。いまから出よう」

大伝馬町となると、大川の向こう側だ。暗くなる前に帰り着くためには、いま出てもぎりぎりだ。

道々、与平が言う。

「手代に金一分。旦那の素性は勘ぐらないって約束でさあ。頼みますよ」

もちろん、話を聞けるなら一分くらいは安いものだ。

大伝馬町に着いたが、結局、夕飯がおわって店を出てくるまで待つことになった。風呂へ行くところをつかまえて与平がつれてきた手代は、嘉吉《かきち》といって二十歳《はたち》前後に見えた。さっそく近くの飲み屋へさそった。

「まずは屋敷の間取りを教えてほしいんだが……。あ、勘ぐってもらっちゃ困るが、なにも泥棒に入ろうってんじゃねえんだ。よけいな心配はしねえで、素直に教えてくんな」

嘉吉は飲み屋など入ったことがないようで、めずらしそうに品書きを見ている。与平が肴を二つ三つ頼んだ。

「へえ、間取りですか……」

嘉吉は品書きから目を離して話し出した。

「母屋は表が見世棚になっていて、奥まで土間が通っています。わたしらは表の上の二階で寝てます。見世の奥には食事をする板の間があって、その奥が台所、ご主人さま一家の住まいはさらにその奥で……」

「大きな仏間があるって聞いたが、それはどこにあるんだね」

話が長くなりそうなので、時次郎はもっとも聞きたかったことをたずねた。

「仏間ですか。離れにあります。庭に離れが建っているんです。わたしらはお持仏堂《じぶつどう》っていってますが、西向きに仏間があって、ほかに四畳半が二間……。ご主人さまが大切なお客さまとお話をするときに使ってます」

「そこに先祖伝来の仏さまがあるんだね」

「ええ。よくご存じで」

「お持仏堂には夜はだれもいないのかい」

これではまるで泥棒に入る支度だと、内心で笑いつつたずねる。

「ええ。みな母屋で寝ています。でもお持仏堂には金目のものなんてないし……」

心なしか嘉吉の目が泳いでいる。

「ちょっと前にぼやがあったそうじゃねえか」

「ええ。仏さまが焦げました。でも昼間でしたし、すぐに消し止めたので、火消しの世話にもならずにすみました」

「そりゃあ、めでたいこったが、どうしてぼやになったんだ?」

「なんでも猫がお灯明を蹴倒して、それがまわりに燃え広がったとか。お灯明は毎朝、つけてますので」

そこは公事に出た話と一致している。

「だれが最初にぼやを見つけたのかな」

「吉蔵《きちぞう》さんです。ふたりいる番頭さんのうち、若いほうで。火を見つけるとすぐに自分の着物を脱いで火元をはたいたって。声を聞きつけてわたしも駆けつけました。台所の者も水を桶《おけ》にくんで持ってきて、火をはたくやら水をかけるやら……。さいわい風もなかったし、天井までは広がらなかったんで、どうにか消し止めましたけど」

「番頭さんか……」

吉蔵という名を、時次郎は頭に刻み込んだ。

「仏さまは、仏間に置かれているんだね。ご主人が手にとってなで回したりはしてないよな？」

「ええ」

なにを訊くのか、という顔をする。

「仏間の広さは？」

「六畳ほどでしょうか。板の間で、奥に壇があって、立派な台座の上に仏さまが立ってます。うしろには金色《こんじき》の光背があって……」

「仏間の掃除は、だれがする？」

「ああ、あそこだけはわたしらはしません。番頭さんたちが交替でやってます。わたしらも朝、お参りしますけど、濡れ縁の外からです。中へ入れるのは番頭さんたちと主《あるじ》の一家だけです」

「なるほどね」

少し考えてから、時次郎はたずねた。

「あんた、いまその仏さまのお顔を思い浮かべられるかな。どんなお顔だったか」

嘉吉は面食らったようだった。

「ええ、いえ、はっきりとは……。なにせ仏さまは奥にあって、お灯明だけではよく見えませんし」

「ご主人たちはどうかな。中へ入っておがんでいるから、よく見えるかな」

「どうでしょうか……。いやあ、あれは中へ入ってもさほど見えないと思いますが……」

「そうか、わかった。ありがとうよ」

時次郎は嘉吉を解放してやった。

「わかりましたか」

帰り道、与平がたずねる。

「ま、見当はついてるんだが……。もう少しかかりそうだな。ああそうだ。いま話に出た吉蔵って番頭さん、ちと調べてくれないか」

「どのへんを?」

「番頭と言っても住み込みだろうが、店の外に隠し部屋を借りてないかとか、よく出入りする家はないか。そのへんかな」

腕組みをして思案しつつ、時次郎は暗い道を天竺屋へもどった。

翌日、時次郎はまた古物商をたずねた。頼み事の返事を聞くためである。

「いやあ、心当たりの仲間に聞いてみたが、そんな仏さまは近ごろ売りに出てないようだね」

「売りに出てねえ？　本当に？」

時次郎は声をあげた。三十両から五十両くらいで売りに出ている月光菩薩がないか、調べてくれと頼んでおいたのだ。

「うそなんか言うもんかい」

古物商はむっとしたようだ。

「この商売やってる店は、そうは多くないからね。三十両という値がつく仏さまなら、まず聞き漏らすことはないさ。もっとも、上方まで持ちだして売ったとなりゃ、こちらにはわからねえが」

「二尺の仏さまを背負って東海道をのぼるのか。今どきそりゃないだろうな」

時次郎は唇を嚙《か》んでしばらく考え込んだのち、目を上げてたずねた。

「仏さまがたくさん出る市が立つって言ってたね」

「おう、ふた月に一度だが。それにその市には三十両なんて仏さまは出ないよ」

市には掘り出し物があることもあるが、値の安いものばかりだという。

「三十両もするのなら店の奥にしまってお得意さんにしか見せないね」

「それでもいい。つぎはいつ開かれるのかな」

ずらりとならんだ仏像を見てみたいという思いもあって、訊いてみた。

「明神《みょうじん》さまのお祭りの前だ。もうすぐだね」

「じゃあ連れていってくれねえか」


明後日が神田明神の祭礼という一日、浅草寺《せんそうじ》に近い寺の境内で骨董市《こっとういち》が開かれていた。その一角に、仏像がずらりとならべてあった。

時次郎はゆっくりと見て回ったが、言われたとおり、素人目にも安物とわかる、覇気のない仏さまばかりだった。

——やはりこんなところにはないか。

半ばあきらめながらも、時次郎自身が楽しむつもりで、端からゆっくりと見ていった。仏像にもいろいろあって、一番偉いのが釈迦、薬師、阿弥陀《あみだ》、大日の如来さま。そのつぎが文殊やら普賢《ふげん》やらの菩薩さま。お不動さんなんかはその下ではたらいている、などということも知ってはいたが、くわしく聞いてみるとそれぞれいわれもある。そうした知識をもって、並んでいる仏さまを見くらべてゆくと、結構楽しい。

すると、素彫りの大黒さまやお不動さまにまじって、二尺の菩薩さまがあった。ちゃんと漆塗りでやさしいお顔をしている。

ほほうと思いつつさらに見た。

姿形は、なるほど菩薩さまのように彫られているが、衣の端などぼったりとしていて、さほど細かく気をつけて彫ったとは見えない。全体に野暮ったいというか、彫り師の技巧も感じられなければ、ありがたい感じもない。

並んでいるほかの仏像とくらべてみても、違いがない。これでは、いくらなんでも三十両や五十両といった値がつくとは思えない。

――こういうの、多いんだろうな。

二尺の月光菩薩さまなど、世の中にいくらでもあるのだろう。

そう思って、となりの仏像を見るべく一歩横に移った。

その途端、気になるものが目についた。

いま見ていた月光菩薩の、腰にまとっている薄布の左端が、折れてなくなっているではないか。

一瞬おいて、勝慶の話を思い出した。

あれが裙ってやつか。

――いや、そんなはずはないが……。

やや意外だったので、しばらく時次郎はその場に突っ立っていた。そして我にもどって、仏像の林の奥にすわっている男に声をかけた。

「おやじ、これいくらだい」

「金一分二朱だね。それ以上はまからない」

ということは、一分二朱でもかなり吹っかけてあるということだ。

——まさかこんなところに、それも一分二朱で売られているとは……。

一分二朱といえば裏店《うらだな》の家賃が四、五ヶ月分は払える金額だが、それでも三十両とはずいぶん開きがある。

ますます迷ってなおも見ていたが、市には掘り出し物もあるという古物商の言葉を思い出し、踏ん切りをつけることにした。

「これ、とっておいてくれないか。手付けとして一朱渡しておく。ちと見せたい人がいるんでね」

と言い残し、勝慶を呼びに走った。

四

「いやあ、本当にありがとうございます」

勝慶はご機嫌だ。

無理もない。公事は、播磨屋が平謝りに謝って取り下げとなったのである。

骨董市で時次郎が見つけた一分二朱の菩薩さまは、やはり播磨屋にあったものだった。時次郎が勝慶に伝え、勝慶から播磨屋に連絡がついて、飛んできた播磨屋がその目で見て、本物だと確認したのである。あわてて買いもどしたのは、言うまでもない。

「しかし、すり替えられていたってのは、よく見抜きましたね。こちらも、ちらりと考えなくもなかったんですがね」

勝慶は上機嫌で言う。今日は播磨屋に招かれて、本物の菩薩さまを見てきた帰りだった。わけもわからず失礼なことをしたと、お詫《わ》びの意を込めて本物の披露におよんだということだった。

「そりゃ、言い分が食い違いすぎるからね。かたや重代の家宝で三十両以上するというし、あんたは田舎仏師の作った安物だって見立てだろう。こりゃどこかですり替えられたって、すぐにぴんと来ましたよ」

事件がうまく解決しただけに、時次郎の口もなめらかだ。

「たぶんおふたりは、自分がじかに手にしたものだけに、菩薩さまがあらかじめすり替えられていたとは思えなかったんでしょうがね」

身元を調べてみると、商人、仏師ともに正直者でうそは言っていない。では周辺にいる者があやしい。そう考えたのだ。おそらく偽物を作ってすり替え、本物は売り飛ばしたのだろうと。

しかしその経路を調べるのは、時次郎の立場ではむずかしい。ならば論より証拠と、売られた菩薩さまを押さえようと考えたのだ。

「どうやら火事を最初に見つけた番頭のせいらしくて」

と勝慶は、播磨屋から聞いてきたことを伝えた。播磨屋は古物商から売り手を聞きだし、犯人を見つけ出したのである。

「なにせ三十両、ひょっとしたら五十両、百両もするお宝が、すぐそこの離れに置いてあるんだ。しかも夜は人もいない。その番頭ってのは通いだけれど、手慰み（賭博）が病みつきになって、金はいくらでもほしかったらしい。で、仏さまを売ろうと企んだようで」

それもかなり手の込んだ仕掛けだった。まず、ただ盗んだだけでは、出入りできた自分がすぐに疑われてしまうのは自明だ。そこで偽物を作ってすり替えようとした。

夜中に離れの仏間に忍び込んで菩薩さまの寸法をとり、姿形を絵に描き、仏師に頼んで似せた仏像を作ったのだと。仏師を夜中に呼び込んで、じかに見せたこともあったらしい。

月光菩薩なんてよくある仏さまだから、姿形は決まっている。仏師にはお手の物である。もちろん、裙が折れているところも忠実に真似した。

そうしてできあがった偽物だが、やはり寸分違《たが》わずとはいかなかった。じっくりと見比べると、どうしても表情などにちがいが見てとれる。何もせずに置き換えたのでは、いずれ露見してしまうと心配になった。

そこで一計を案じ、偽物にわざわざ焼け焦げをつけて店の中に持ちこみ、本物とすり替えて仏間に置いて、猫を追いかけるふりをしてぼやを出した。そうすれば多少違いがあっても、焼けたせいでおかしくなったと思われて誤魔化せると考えたようだ。

実際、播磨屋は焼け焦げた菩薩さまを見てあわてふためき、よく確かめもせずに勝慶のところまで運び込んだのだから、番頭のねらいはあたったと言える。

しかし、うまくいったのはここまでだった。

苦労してすり替えた菩薩さまだが、売ろうとしてもなかなか売れなかった。

古物商に持っていっても、三十両はおろか一両にもならないと言われたという。そんなはずはないと思って、いくつもの古物商を回ったようだが、三十両で買おうという店はなかった。

番頭にしても昼はつとめがある。そうそう大きな仏像を背負って古物商回りをするわけにもいかない。半年ほども粘ったがどうしても三十両では売れず、やむなく二朱で手放したという。

それが一分二朱で骨董市に出ていたのだ。

――三十両の仏像、なんて言うから手間がかかったんだよな。

時次郎は思う。古物商に頼んでも、見つけられなかったはずだ。

「で、どうなんですかい。やはり三十両の値はつく菩薩さまだったんで?」

時次郎の問いに、勝慶はあっさりと首をふった。

「とてもとても。田舎仏師の作でさ。いけないね。ま、金一分がせいぜいだろうね」

「ほほう。そうなんですかい……」

意外な返答に、時次郎は首をひねった。

三十両でなくて、一分? ずいぶんと開きがある。

「するとこの件は、三十両で買いたいと言った古物商が一番の悪者ですかね。まちがった値付けをしなければ、番頭も欲を出さなかったでしょうに」

罪作りな古物商だと笑ったところ、勝慶は首をふった。

「いや、その値付けはまちがってませんな」

「え?」

どういうことだ。いま一分がせいぜいと言ったではないか。

不審顔の時次郎に気づいたのか、勝慶が説明してくれた。

「菩薩さまはたしかに一分ですが、仏像のうしろの光背は、古くて出来もよいのですよ。源平のころより前のものでしょうね。雲輪光《うんりんこう》の金箔張《きんぱくば》りだ。あれだけいいのは滅多にない。ていねいに作ってある。値打ちものです」

へえ？　光背？　値打ちもの？

「ご先祖がどこかで買って、もともとあった菩薩さまと組み合わせたようですが、あれなら三十両が五十両でも買う人はいるでしょう。菩薩さまとちがっていい出来です」

呆気《あっけ》にとられた時次郎の前で勝慶は小さくうなずき、「うん、いいものだった」と繰り返した。

呪《のろ》い殺し冥土《めいど》の人形

一

「勝手に行ってきねえ」

　時次郎が言うと、おみつは口をとがらせて、

「そりゃあないでしょうよ。あたしひとりで行ってどうするのよ」

　と文句を言った。

「半分は御利益《ごりやく》があるだろうよ」

「半分じゃあ駄目なのよ」

「だったら二回行きゃあいいじゃねえか。半分と半分でひとつにならあ」

「ほんとに、あんたって人は」

　おみつは細い眉を逆立てている。

「おれは店番だ。行ってこいよ。ああ、帰りに陽が落ちたら冷えるかもしれねえから、暖かくして行きな」

「どうしてそんなことを言うのよ」

おみつは手にした巾着をほうり出した。

「せっかくの願掛けだというのに。あんた、子供がほしくないの？」

「まあ、授かり物だからな」

時次郎はあいまいな言い方でごまかした。

亀戸天神の頓宮神《とんぐうじん》に、夫婦そろってお参りして念願の子が授かったという話を聞きつけたおみつが昨夜、時次郎にいっしょにお参りしようと誘った。そのときはっきりと断らなかったつけが、いま回ってきているのだ。

十月半ばというのに陽気もいいし、せっかくの外出だからと、よそ行きに着替えて鏡に向かい、紅も念入りにさしたおみつは、まだおさまらない顔で時次郎を見つめている。

「子供ねえ。そりゃにぎやかになるだろうが、いりゃあいたで煩わしいこともあるぜ」

「そんなの、持ってみなけりゃわからないじゃあないの」

「わかるよ、そんなの」

「あんたはいつもそうよ。頭の中だけであれこれ考えて、わかったつもりになってるのよ」

おみつの顔色を見て、時次郎は口をつぐんだ。これ以上の言い合いになると最後は言い負かされるとわかっている。長火鉢に目を落とし、煙管《きせる》をとりあげた。

「もう、どうしてこう石頭なんだろうねえ。もう縄も用意しちまったんだよ」

頓宮神では神様に願掛けのしるしとして縄をかけるのだそうで、おみつはちゃんと縄を買って子宝祈願の願文《がんもん》までつけていたのだ。

長火鉢の前にすわったおみつは、ねっとりとした目で時次郎を見る。

これは長くなるかと覚悟したところに、救いの神がきた。店先で声がするのだ。

「ほれ、お客さんだ。出てくんねえ」

薬屋、天竺屋は今日も開いているから、出ないわけにはいかない。うらみがましい顔を見せてから、おみつは表へ出ていった。

——子供か。いなきゃいないで、いいじゃねえか。

時次郎自身は、もう子供は授からないものだと半ばあきらめている。どうせ店も子に継がせるほどの大店《おおだな》でもない。ふたり暮らしで困るわけでもないし、そもそも長崎行きに幼子を連れていては不便だし、と思うのだ。

だがおみつはそうでもなくて、ときどき子宝を授かる妙法だとか、精のつく食べ物だとか聞き込んでは、あれこれと試そうとする。

これまで時次郎も付き合ってはきたし、薬屋として子宝に恵まれる薬効を探したりもしたが、それもそろそろ食傷気味になっている。おれにはおみつさえ居ればいい、と思っていた。

表では「いらっしゃいまし」というおみつの声が聞こえたあと、急に声が小さくなった。

これは来たかな、と思ったところにおみつがもどってきて、

「あっちのお客さんだよ」

と言う。時次郎は、

「じゃあ、あがってもらえ」

と言って煙を吐き出し、煙管を片づけた。

おみつに案内されてはいってきたのは、髪が灰色になっている小柄な老婆《ろうば》だった。時次郎を見てから、

「こちらが、天竺屋さんで」

とおみつをふり返った。

「ええ、そうです。あとはまかせましたよ」

老婆と時次郎に半々に言うと、おみつは奥へ引っ込んだ。どうやらお参りはあきらめたらしい。

「まあ、おすわりなせえ」

時次郎のすすめにしたがって、老婆は長火鉢の前にちょこんとすわった。

鉄色の布子《ぬのこ》に帯は黒、という地味一点張りの着こなしだが、品はよく、それなりの大店の大おかみさんかと思えた。手にしているのはここまでかぶってきた頭巾《ずきん》らしい。こ

ればかりは小豆色《あずきいろ》で目立っていた。

「ではお話をうかがいましょうかね。まずはどこのどなたか教えてくだせえ」

さぐるように部屋のあちこちに視線を飛ばしている老婆に、時次郎はうながした。老婆は視線を時次郎の顔にすえると、

「あたしの家は小嶋屋《こじまや》といって、神田相生町で地廻《じまわ》り米《まい》の問屋をしてましてね、たいした店じゃないけど倉もあって、店者《たなもの》も五人ほど抱えてござんす」

と切りだした。

「亭主が亡くなった十二年前に代替わりして店はせがれに、台所の切り回しも嫁にまかせたんで、あたしはいま、猫がいたずらしないよう見張りをするだけの婆《ばば》あになっちまってるけどね。名前はよねと申します」

「小嶋屋のおよねさんか。で、おれに用件ってのは？」

「あたしのせがれが殺されたんで、おおそれながらと訴えて出ようかと思いましてね」

時次郎の目をのぞき込みながら、言い淀《よど》みもせずにさらりと言う。

「人殺出入《ひとごろしでいり》ですかい。こりゃやっかいだ」

と言いながら、これは十中八九まで仕事にならないだろうと時次郎は落胆していた。人殺しも目安を出すことはできるが、よほどしっかりした証拠がないと取りあげてもらえない。

だがそんなしっかりした証拠があるのなら、わざわざ目安をつけずともすでに事件になっているはずだ。ここへ来るくらいだから何か大きな出来事があったのだろうが、婆《ばあ》さんがひとりでおかんむりになっても、お役人は動かせない。

「で、目安をつけるのに町の衆に話したんだけど、てんで相手にしてくれないんでね、困っていたら天竺屋さんに相談しろって人がいて……」

「殺されたってのは、いつのことですかい」

「死んだのは、もう十日ばかり前になるね」

「どうやって殺されたんで？」

「呪われたの」

「へ？」

「呪い殺されたのさ」

時次郎は目の前の老婆をまじまじと見てしまった。やはり年をとって呆《ぼ》けたのだろうと思った。しかし老婆はたじろぎもせずに見返してくる。その表情におかしな色は見えない。

「ほら、これさ」

老婆は持ってきた風呂敷包みから薄汚れた布きれをとりだして見せた。

「それが裏庭に落ちてたんだよ。ほかにも木の幹にへんな印がつけてあったり、証拠はいくらでもあるよ」

わたされた布きれを、時次郎はしげしげと見た。ボロ布の塊《かたまり》と見えたがどうやら人形らしく、頭と手足がついていた。そしてその左胸に太い針が突き刺してある。

「たしかにこりゃ、穏やかじゃねえが……」

人形を長火鉢の角においた。子供の遊びじゃねえか、とは口にしなかった。

「で、誰が呪ったんで？　犯人はどんなやつでしょうかね」

「そんなの、わかんないよ。だからあんたのところへ来たんじゃないか」

「は？」

「呪い殺したやつを、捜しておくれよ」

「いや、そいつは無理だ」

時次郎は首をふった。こいつはまいったと思った。

「おれはお公事《くじ》のことはいろいろ知っている。だから助言ができるんだが、人捜しや犯人捜しは得手じゃねえし、しねえよ」

「だったらお上に調べてもらうよう、目安をつけておくれよ」

「そんなこと、できやしねえよ」

「そういうのも、あるって聞いたんだけどね」

「お白洲に出てお調べがすすむと、出入物《でいりもの》が吟味物にかわることはあるがね、呪い殺したやつなんて、お上でも捜せねえよ」

話にならない。老婆でなければさっさと追い返すところだ。

「そうかい。無理かい」

時次郎がいやな顔をしたのがわかったのか、老婆は悲しそうな顔になった。

「なんとかしてくれないかい。あたしゃね、せがれが呪い殺されたと思うと、もう悔しいやら悲しいやらで、夜もろくろく眠れないんだよ。この恨みをはらしたいんだよ」

「眠れないなら、いい薬があるがね。柴胡《さいこ》加竜骨牡蠣《かりゅうこつぼれい》湯《とう》ってんだが、血の道にもよし……」

「よしとくれ。薬屋に来たんじゃないよ」

「いや、ここは薬屋だが」

老婆は目をむき、ついで顔を伏せた。

迷惑な話ではあるが、そんな顔をされると少々かわいそうになってくる。辟易《へきえき》しながらも、しばらく話に付き合ってやろうという気になった。

「で、あんたのせがれはどうして殺されたのかね。恨まれてたのかい」

「商売してりゃあ、恨まれても不思議はないねえ。誰が恨んでいたのか、だいたい見当はついてるけどね」

老婆は商売敵の名をふたつあげた。

「でもほかにもあやしい奴《やつ》はいるし、せがれが外でなにか変なことに巻き込まれたかもしれないし……」

要するにわからないということだ。

「でも呪われたことはたしかなんだよ。この人形を見つけてから具合が悪くなって寝込んじまったし、薬も医者も効かなかった。なのに越前坊《えちぜんぼう》さんを頼んでからよくなったしね」

「越前坊ってのは？」

「拝み屋さんだよ。呪い返しってのがあってね、呪いの力を相手にそのまま返すのさ。越前坊さんが来てくれてから、せがれも少しよくなってきたところだったんだよ」

「誰かに呪われてるってのは、その越前坊さんとやらが言ったのか」

「そうだけど、庭にあんなものが落ちてたら、誰だってわかるだろ」

時次郎はうなずいた。病気に薬の効き目がないとなれば祈禱《きとう》やまじないに走るのは、どこでもあることだ。

「越前坊ってのは、昔からおたくに出入りしてたのかい」

「いや。孫が法力《ほうりき》のある拝み屋さんだって聞き込んで、家に連れてきたのさ」

「ちょっと待った。お孫さんはいくつだい」

「今年で二十二だ。せがれが亡くなったんで、これからは孫が家を継いでやっていくことになっているのさ。若すぎて頼りないけど、仕方ないねえ。あと娘が三人いるけどね、ふたりは嫁に出しちまって、末娘だけ残ってる」

老婆は六十すぎぐらいだろう。二十二歳の孫がいてもおかしくない。

「でもその越前坊という拝み屋さんがいたなら、どうしてあんたのせがれは死んだのかね」

「それがあの子は信心が薄くてね、越前坊さんの祈禱など効かねえって罰当たりなことを言いだしてねえ。せっかく弟子までつれてきて一生懸命やってくれているのに」

「ほう」

「で、越前坊さんはせがれの呪い返しをやめて、あたしと孫を守るよう、祈禱を変えたんだよ。そしたらその晩に……」

「亡くなったのか」

老婆はうなずいた。

時次郎は唇をなめた。話はできている。

「で、この人形や呪いのしるしのほかに、なにか証拠はあるのかい」

「そんなもの、ないよ」

「それじゃあ、無理だな」

「どうしてよ」

目をつりあげる老婆に、いかに目安をつけるのが大変か、時次郎はこんこんと諭した。そしてもし目安を差し出すところまでこぎつけても、この話では証拠もないので目安《めやす》糺《ただし》ではねられるだろうと話し、あきらめさせようとした。

「じゃあ証拠って、どんなのがいるのかね」

老婆は不機嫌になってきている。

「どうかねえ。まあ呪い殺したってことで罪に問うとしたら、呪った者がはっきりしていて、そいつがたしかに呪い殺したとはっきりする証拠か証人がいれば、なんとかなるかもしれねえ」

呪っただけでは罪にはならない、と時次郎は説明した。そんな罪科《つみとが》は御定《おさだめがき》書にもない。あくまで人を殺《あや》めた、という目安にしなければならない。

老婆はしだいに無表情になっていった。

「てえことでね、ま、あきらめねえ。世の中、できねえことのほうが多いさ」

無言で立ちあがった老婆を表へ送り出そうとしたところ、奥からおみつが出てきた。

「ちょっと待ちなよ。あんたも情がないねえ」

老婆と時次郎のあいだに立ち塞《ふさ》がった。

「いい話じゃないの。子を思う母に親を思う子、でしょ。仇をとりたい気持ち、わかるわ。助けてあげたら」

「うるせえ。おめえは口を出すな」

時次郎は一喝した。するとおみつの形相が変わった。

「だからあんたは親子の情がわからないっていうんだよ」

「それはちがうだろう。これは目安がつくかつかねえかって話だぞ」

「おなじよ。情のない人にはお婆さんの気持ちがわかんないのよ。なにさ、子供ひとり作れないくせに！」

「こら、そんなことを大声で言うな。ご近所に聞こえるだろうが」

時次郎はおみつの口を手でふさごうとして、さからうおみつと揉み合った。

「どうせわかってることでしょ。いまさら隠したって……」

「わかっていたって、言っていいことと悪いことがあらあな」

「へん、そんなこと、知らないよ」

おみつは折れる気配がない。時次郎はげんなりした。頓宮神へお参りできなかった恨みを、ここで晴らそうとしているのだろう。付き合いきれない。

「わかったよ。請けりゃいいんだろ、請けりゃあ」

とつい言ってしまった。老婆が「ほいよ」と目を輝かせた。直後に後悔したが、言った以上は仕方がない。

「もう少し話を聞こうか。おい、おみつ、茶くらい出してくれ」

二

つぎの日、時次郎は芝新網町《しばしんあみちょう》に出かけていった。見覚えのある長屋の障子をあけると、

「こりゃ珍しい。久しぶりだな。なに、かまわねえ。あがってくれ」

と声がかかった。飯を食い終わったばかりらしく、昌蓮坊《しょうれんぼう》と名乗る修験者《しゅげんじゃ》は鉄瓶から碗に湯を注《つ》ぎ、洗うように湯をまわしてから飲み干すと、その碗を濡れ布巾でぬぐった。漬け物の皿もその布巾でぬぐって膳を台所へかたづけた。

「何か用かい。いま一軒のご祈禱がおわってもどったところでな」

「せわしなくてすまねえが、ちと見てもらいたいものがあってね、これだ」

老婆からあずかった人形を見せた。

「ある商家の庭に落ちていて、その家の旦那が死んだんだ。婆さんが呪われたって騒いでいるんだが、どうかね。そんなので呪い殺せるものかね」

ご府内で拝み屋、つまり祈禱を商売としている者といえば、まず昌蓮坊のような修験者がいる。霊山に籠もって修行をつみ、法力を身につけたと称して祈禱を引き受けるのだ。

昌蓮坊は人形をひっくり返して見て、

「こりゃうちの法系じゃねえな」

と言った。修験者は聖護院《しょうごいん》か醍醐寺三宝院《だいごじさんぼういん》のどちらかを本寺としている。昌蓮坊は聖護院系の修験者で、そちらではないというのだ。

修験者は法義については寺社奉行、人別《にんべつ》は町奉行の支配にあって、いったん公事の争いが起きるとなかなか複雑なことになる。昌蓮坊は以前、三宝院系の修験者と法義の争いという名目の縄張り争いをしたことがあって、時次郎に助言をもとめてきたのである。

「おれたちも人形は使うが、別に呪い殺すためじゃねえ。夫婦和合の祈禱には夫婦それぞれの人形をつくってぴたりと合わせるし、病治療には人形の患部に針を打ったりもするしな。三宝院もこんな武骨なのは使わねえよ」

「へえ、人形にも流儀があるのかい」

とたんに時次郎の声が高くなった。

「すると、どこか見当がつくかい」

「陰陽師《おんみようじ》もこんな不細工なのは作らねえ。まあ願人坊主《がんにんぼうず》かな」

祈禱をする者としては、修験者のほかに陰陽師、願人坊主が考えられる。陰陽師も人形を使うが、紙で作るという。

「願人坊主か……」

こちらは歌や踊りで門付けをしたり、代参したりといった芸人に近い坊主だが、鞍馬《くらま》寺《でら》の大蔵院《だいぞういん》か円光院《えんこういん》のどちらかを本寺としている。その息のかかった寺で一定の修行をして、印可状をもらわないと願人もできない。

「そうか。なかなか込み入ってるねえ」

人形の系統という、新しく憶えることを見つけたせいか、少しわくわくする。心なしか声が明るくなっている。

「願人坊主の知り合い、いないかな」

「いなくもないが……。誰が呪いをかけたかなんて、もしわかっても言いっこないぜ。おれたちは、そのへんは口が堅い」

「そうだろうが、いろいろ聞きたいこともあってね」

「あちらはな、おれたち以上にうるさいぞ」

修験者は本山の触頭《ふれがしら》によって支配されているが、願人坊主もおなじように惣触頭《そうふれがしら》がおり、その下に組頭《くみがしら》、目付、組年寄などの役付がひしめいていて、下っ端の願人坊主はずいぶんと窮屈なのだという。

「町中で独り立ちしているように見えても、みな仲間うちの目が光っていて、教義にはずれたことなんぞとてもできねえ。呪い殺しなんてしたら、まず破門だ」

「じゃあ……」

「呪い殺しを引き受けるなんざ、もぐりじゃねえのか」

しぶる昌蓮坊に頼み込んで、橋本町《はしもとちょう》に住むという願人坊主を教えてもらった。しかし行ってみるとそこにはもう住んでいなかった。この世界もほかの商売とおなじで、いい客筋がつかめなければ食いっぱぐれて仕事をつづけられないようだ。

――呪ったやつなんて捜せるのかよ。

道を歩きながら途方に暮れた。ご府内に修験者だけでも九十人以上いるそうだ。それに陰陽師や願人坊主、もぐりの拝み屋も合わせたら何百人にもなるだろう。そこから呪った者を捜しだすのは、時次郎の手にあまる仕事だ。

考えたあげく、小嶋屋のある神田相生町を縄張りにする貞吉親分をたずねた。まずは足許から見直そうと思ったのである。

「あそこの店か。こないだ代替わりをしたが、何かあったかい」

さすがに貞吉親分は小嶋屋を知っていた。

「いやあ、そこの婆さんから頼まれちまって、ちと調べ物を」

「べつに変わったことは聞いてねえな。旦那が病で何日か寝込んで、あっけなく死んじまったが」

「お調べもなしで？」

「もちろんだ。弔いも変わりなかったね」

「なんの病でしたか」

「そこまでは憶えてねえな。でも変な病じゃあなかったぜ」

「で、婆さん、騒ぎませんでしたか」

「弔いのときはべつに……。ああ、そのあとで呪われたの殺されたのと言っていたようだな。そうだ。思い出した。目安をつけるとか。でもすぐに静かになったぜ。おめえ、頼まれたのかい」

　時次郎はうなずいた。

「やめたほうがいいぜ。呪い殺されたなんて、目安が通るわけがねえ」

「もちろん、そうは思うんですがね、ちと入り組んだわけがありましてね、一応は聞いてやらねえと」

　時次郎は言葉をぼかした。

「ええと、すると別段おかしなところもなく、始末がついた、ということですかい」

「ああ。呪われたのなんのってのは、もともと信心深い婆さんだから、せがれが死んで血迷ったのだろうよ。目安なんてとんでもないって孫に止められて、すぐに引っ込めたな」

「まだ血迷っているみたいですぜ。そのとばっちりをうけているのが、あっしでさ」

　ひとこと愚痴ってから、さらにたずねた。

「店そのものは、悪い評判もないんで？」

「ないね。堅気の店だよ」

親分に聞くかぎり、なにも怪しいところはないようだった。もともと乗り気がしなかった一件だが、無駄骨を折っている感がさらに強くなった。

それでも一応は念を入れようと、次の日、婆さんの手引きで店の手代に会った。死んだ旦那のようすを聞こうと思ったのだ。店の者に聞かれぬよう、両国橋を渡って回向院《えこういん》まで来てもらい、境内の茶屋で話を聞いた。

「へえ、あの朝、旦那さまが布団から起きて来られなかったんで、おかみさんがゆすったんだそうで。そしたら死んでいたんで騒ぎになったんで」

一杯の茶とみたらし団子を前にして、二十歳前後と見える益吉《ますきち》という手代は素直に答えてくれた。

「その前から寝込んでいたんだね」

「へえ。四、五日前から臥《ふ》せってらして。丈夫な旦那さまが寝込むってのは、珍しいことでした」

「呪われてたってのは、知ってたかい」

「ええ、まあ。でもまさかって思ってましたけどね。みなは、何か病気だろうって」

「なんの病気？」

「それがよくわかりません。目眩《めまい》やら頭が上がらないやら吐き気やらで、霍乱《かくらん》だってことでしたが……。医者が薬を出してもよくならなくて、それで若旦那が拝み屋を呼んだんですが。ご祈禱も甲斐なくて急に亡くなって。死んでから来た医者も、よくわからねえ、ぽっくり病だろうって」

「悪い持病でもあったのかい」

「いいえ。いたって丈夫なお方でした。咳やくしゃみもしてなかったし。ともかくも布団の中で死んでたんで、病死だろうって。呪い殺されたとしても、世間にはそんなこと言えませんしね」

朝、布団の中で死んでいるのが見つかったというのは、そんなに珍しい話ではない。年寄りばかりでなく、小嶋屋の旦那のようにはたらき盛りの四十男でもありうる話だ。

「刺されたような傷はなかったんだね。もちろん血も見ていないね」

「へえ、それはもう」

「顔はどうだったかね。苦しそうな顔をしていなかったかい」

「……それは、お棺に入れたときは、ちゃんとした穏やかな顔でした。ちょっと顔色がおかしかったけど」

「おかしいとは？」

「赤黒い色でしたね。まあ死人ですから、そんなもんかって思いましたけど。ぽっくり病で死ぬと、そうなることもあるって医者も言っていたし」

　赤黒いというのが少々引っかかったが、それ以外はあやしいところはないではないか。やはり婆さんの思い過ごしだ。

「その晩、盗人がはいったとか、入り口の戸締まりがしてなかったとか、そんなおかしなこともなかったかね」

「ありませんね」

　時次郎はしばし考え込んだ。そうなるともう、疑うほうがおかしいという結論になる。

「そうか、よくわかった。おっと、まあ食べてくんねえ」

　茶には手をつけても、律儀に団子をのこしている手代に、時次郎はすすめた。

「はあ、じゃあいただきます」

　手代が団子を頬張っているあいだに、時次郎は婆さんにどう話したものかと考えていた。ここまで調べたことを正直に話して、呪われたなんて思い過ごしだと言い聞かせねばならないが、素直に聞いてくれるだろうか。

「ああ、そういえば」

　とまだもぐもぐと動かしている口許に手をあてながら、手代は言った。

「ちょっと不思議だったのは、旦那さまの手首が紫色になってたことでしょうか。いえ、お棺に入れたときにちらりと見ただけだったんで、よくはわかりませんけど」

手首が紫色？

「そりゃ、どんなふうだったい」

「だから、あまりよく見てないけど……」

こんな感じで、と自分の手で紫になった範囲を示す手代の話を聞いているうちに、時次郎は顔が強ばるのを感じた。

「もうひとつ訊くが、旦那の布団は乱れてなかったかね」

「なんにも。静かな姿で寝てましたよ」

「じゃあ小便、もらしてなかったか」

「そういや、臭かったかな。ああ、布団が濡れてたって、後始末をした小僧が言ってました。あたしは見なかったけど」

時次郎は腕組みをし、考え込んだ。やがて、

「そういうことか」

とひとりごとを言った。

「ところで店の奉公人はどんなのがいる？」

「店には……、番頭さんがひとりと、手代があたしともうひとり。それに小僧がふたり。こちらはまだ子供で」

「亡くなった旦那と若旦那はうまくいってたかい」

「それは、まあ……」

手代の口が急に重くなった。

「若旦那の遊びは？　派手なことはなかったかい」

勘弁してくれというように手代が首をふった。

「そうか。いやあ、手間をかけたな。ご苦労さん。ありがとよ」

手代を帰し、なおもひとり茶店に残って考えつづけた。

その晩、おみつとふたりきりの夕飯を、時次郎は無言ですませた。

「ずいぶんあちこち出歩いてるね。調べ、進んだの」

膳をかたづけたあと、おみつが問うので、時次郎はつい愚痴をこぼした。

「おめえのせいで、変な頼みを引き受けちまったぜ。面倒ったらありゃしねえ」

「おや、あたしのせいかい。悪かったね」

「信心深いってのも考えものだぜ。信心すれば福が寄ってくるわけじゃねえようだな」

「あのお婆さんのことかい」

いや、おめえも気をつけろと時次郎はつぶやいたが、おみつには聞こえなかったようだ。

三

越前坊の家は下谷山崎町《したややまざきちよう》の裏店だった。上野寛永寺《うえのかんえいじ》の山下にあって、あたりには幡随院《ばんずいいん》や宗延寺《そうえんじ》など寺院が多い。

割長屋の角のいちばん広そうな住まいではあったが、古びていて、お世辞にも結構な住まいとは言いかねた。

しばらくようすを見ていたが、鳴り物の音や経や祝詞《のりと》をあげる声は聞こえず、しんとしている。人の気配もなく、障子に手をかけたが、中から心張り棒をかっているのか、開かない。

「あ、ちっとうかがいますがね」

裏店の前にたたずんでいる時次郎をいぶかしげに見ている女がいたので、ついでにと思って聞いてみた。

「あそこに越前坊さんって拝み屋さんがいますよね」

「あんたは誰だい」

この裏店の者らしく前掛けをした女の険しい視線に、時次郎は声を落として答えた。

「女房が病気でね、越前坊さんがいいって聞いて来たんだけど」

「へえ、頼みに来たのかい。どこから？」

女の顔がゆるんだ。

「門前仲町から」

「大変だね。おかみさん、どうしたの」

女は興味津々という顔になっている。

「いえね、ひと月ほど前からげっそり瘦せて寝込んじまって。薬を買って飲ませてもよくならねえ。越前坊さんの評判、どうですかね」

「さあ、あたしは病気にならないんで知らないけど、悪くないんじゃないの。けっこうはやってるみたいだし」

「ここにはいつごろからいるんですかい」

「まだ越してきて一年くらいかね。その前は諸国を修行して歩いていたとか」

「山伏みたいなお人ですかい」

「いやあ、ふだんはそこらの職人と変わらないよ。山伏装束《しょうぞく》を着るのはご祈禱のときだけだって。まあ町中だからね。でも背丈はそれほどでもないけど、胸板は厚いし肩幅があってね、こんなに」

と女は横いっぱいに手を伸ばした。

「顔つきも、目がぎょろっとしてて髭《ひげ》が鍾馗《しょうき》さまみたいでねえ。あれでお祈りされたら、そりゃあ悪霊も逃げるんじゃないの」

あははと笑う女に礼を言って、時次郎は裏店をでた。しばらくのあいだ、裏店への出入り口となる通りをぶらぶらと歩いては引き返し、越前坊を待った。

小半刻ほどで越前坊らしい男がやってきた。

背丈は人並みだが胸が厚く肩幅は広く、箪笥に手足と首を生やしたような身体つきだった。髭はふさふさしているが、縞の小袖を着て総髪ながら髻《もとどり》も結っており、およそ修験者らしくない。ただ手に風呂敷包みをもっており、その中に篠懸《すずかけ》の衣や兜巾《ときん》など山伏の装束がはいっていると思われた。

視線を合わせないように気をつけながら、越前坊の姿を観察した。年のころは四十を過ぎたあたりか。鼻が高く唇は厚く、右頬に疱瘡《ほうそう》の痕があった。

越前坊は時次郎に目もくれず、裏店へはいっていった。

その後、時次郎は貞吉親分のところへ寄ってしばし話し込んだ。親分ははじめ笑いながら聞いていたが、しだいに真剣な顔になり、すぐに定廻《じょうまわ》りの旦那に相談すると請けあってくれた。

「おめえの言うことは当たるからな。手間暇かけて調べる値打ちはあるってもんだ」

「今度ばかりは当たらないほうがいいけどね」

「そうもいかねえ。そういうときに限って大当たりするのよ。世の中ってのは、ままならねえよ」

　つぎの日、婆さんに使いを出し、天竺屋へ来てくれるよう頼んだ。婆さんはすぐに来た。

「なにかわかったかい」

「いや、まだだよ。ただちょっと確かめたいことが出てきてな」

　時次郎はいくつか質問した。

「越前坊には拝み料をいくら渡したんだ」

「それは孫がやってるから、わからないね」

「お孫さんは、越前坊とやらを信じ切っているのかい」

「まあ、呪いについては信じ切っているようだね」

　婆さんの返答は明快だった。

「旦那さんが亡くなった晩、越前坊はお店にいたんだな」

「そりゃいたよ。泊まり込んで、お祈りをしていたね」

「弟子をつれてたって言ったろ。何人つれていたか、憶えてるかな」

「ひい、ふう、みい、と。四人かな」

「ああ、そうかい」

　これで決まった、と時次郎は思った。

「ところで、つかぬことを訊くが、死んだ息子さんとお孫さんは、仲はよかったかい」

「仲？　仲は……」

婆さんの目が宙を泳いだ。

「悪かったんだろう。跡を継がせねえとか、そんな話が出てたんじゃねえのか」

「そんなの、関わりがあるのかい」

婆さんがむっとした顔で言い返す。

「いや、言いたくなきゃあ、いいんだ」

時次郎は婆さんをおさえた。

「ともかく、もうすぐ犯人が見えてくるはずだから、少し待ってくれ」

「本当かい！」

「ああ。けどな、人を殺したやつだけに、ちと危ないかもしれねえ。あんたも気をつけたほうがいいぜ。おれに相談してるって、家の中の者に漏らしたかい」

「いいや。止められるに決まってるからね。話したのは益吉だけだよ。あいつは口が堅いから心配ないよ」

「ならいいが、ともかく、なにも知らぬ顔でおとなしくしているこった。日なたで猫でも手なずけてるがいいさ」

四

貞吉親分から呼び出しがあったのは五日後のことだった。

「どうやらこいつのようだな」

古い人相書を示して言う。

時次郎はぎょっとした。人相書が出るのは、ご公儀に対して重大な謀計を企てたとか、関所破りや主殺《しゅうごろ》しとか、重罪を犯した場合だけである。

それには「今般《こんぱん》人相書をもって御触《おふ》れこれ有り候《そうろう》」と決まり文句からはじまり、無宿蔵七《ぞうしち》、奉公先主人を斬り殺し、店の金子《きんす》を盗み欠落《かけおち》いたし候。剃髪《ていはつ》いたし候由《よし》風聞これ有り、油断なく召し捕り候方心がけらるべく候、無宿蔵七人相書、とつづき、こう書いてあった。

年齢四拾歳ばかり
顔黒き方、右頬に疱瘡の痕これ有り
眉毛薄く鼻高き方
背丈常態、肩幅広き方

「蔵七を知っている男に顔を確かめさせた。まちがいないと言ってたぜ」

読んだあとしばらく呆然《ぼうぜん》としていた時次郎に、親分が言った。

「こんなものが出てるとまでは思いませんでした。へえ、主殺しですかい」

「江戸を逃げ出したあとはご支配のゆるい上州あたりで食いつないで、そのあとなんとか人別をごまかして修験者になって、山中で修行してたんだろうな。で、もうほとぼりが冷めたと思って出てきたんじゃねえのか」

「……で、これから捕り物に？」

「そう易々《やすやす》とはいかねえ。あそこはご支配がちがう。すぐに踏み込んで御用、とやったら大変なことになる。いま八丁堀の旦那方がどうするか、額をよせて相談してるぜ」

越前坊が住んでいる地は寺社奉行の管轄だ。町奉行配下の同心たちが許しを得ずに踏み込むわけにはいかない。越前坊にしてもそのあたりが付け目なのだろう。

「……あいつをふん縛《じば》ったら、小嶋屋の件もお調べになりますかね」

「それでおめえを呼んだのよ。どうするかね。越前坊が自分から白状するとは思えねえし。お上に訴えてでるかい」

「わかりました。婆さんに聞いてみましょう」

時次郎は親分のもとを辞し、その足で小嶋屋を訪ねて婆さんを呼び出した。

「わかったかい」

婆さんの問いに時次郎は「わかった」と答え、ちと外に、と婆さんをさそいだした。

神田川沿いに歩いて、寒風が吹き通る両国橋を渡り、回向院に入ると、広い境内の隅の人気《ひとけ》がないあたりを選んだ。ここなら誰かに聞かれる恐れはない。

時次郎は婆さんに顔を向けた。

「まず聞いてくれ。あんたのせがれは呪い殺されたんじゃねえ」

「呪われてないって？」

「顔に濡れ雑巾を押しつけられて、息ができねえようにして殺されたのさ」

婆さんはひえっと言って口をあけた。

「越前坊の仕業さ。あの拝み屋、無宿蔵七といって人相書がまわっているお尋ね者だ」

目をむいて何か言いたそうにした婆さんを手で制し、時次郎はつづけた。

「おれも最初は呪いをかけそうな拝み屋を捜そうとしたんだ。だが手がかりもなしに江戸じゅうの拝み屋を当たることもできねえ。それで旦那が死んだようすを聞いてみた。するとと死んだときに手首が紫になっていたっていうんで、そいつはおかしいと思ったんだよ」

時次郎は腰をかがめ、婆さんの耳の近くでささやくように話した。

「おれの頭に浮かんだのは、牢屋のことだ。牢屋じゃあ囚人がふえて、畳一枚に七人も八人も詰め込まれるようになると、息もできなくなる。そこで、夜中に牢名主《ろうなぬし》の命令で平四人を殺すんだ。寝てるあいだに平四人を押さえつけて、濡れ雑巾を顔にあてて息ができないようにして殺すんだが、そのとき押さえつけられたやつの手足にたいてい紫のあざができる。死に顔は赤黒くなるし、小便や糞《くそ》もちびるもんだ。これは牢医者から聞いたからまちがいねえ。で、手代に聞いたら、旦那もそうだったと言うじゃねえか」

婆さんはじっと聞いている。

「となると、その晩に小嶋屋にいた者が殺したことになる。しかも、あれをやるには両手両足を押さえるやつと、胴体の上に馬乗りになって顔に雑巾を押しつけるやつと、少なくとも五人は必要だ。店の者が五人がかりでやったのかとも思ったが、番頭と手代ふたりはまだしも小僧はまだ子供だ。人手が足りねえ」

そこで一度言葉を切り、空を見上げた。西の空の底から頭上まで灰色の雲がかかっているが、東のほうは雲もまばらで青い空が見え、雲間から金色の陽光がこぼれている。風もおだやかだ。陰惨な人殺しの話とはまったく似合わない。時次郎はこみ上げてくるものをおさえ、淡々とつづけた。

「その晩、越前坊は弟子を四人つれてたんだろ。だったらそいつらしか殺すことはできねえ理屈だ。だから殺したのは越前坊だよ」

婆さんはしきりにまばたきをしている。

「となると、越前坊とやらは牢に入ったことがあるかもしれねえ。少なくとも牢に入るようなやつと付き合いがあったのだろう。そう思って、親分に調べてもらったのさ。札付きのやつじゃねえかって。そうしたら思いがけない大物がかかってきやがった」

時次郎はそこで、ほう、とため息をついた。やりきれない話だった。

「ってことでお奉行所にわかっちまったから、越前坊こと無宿蔵七はもうすぐ捕まる。ほっといてもせがれの恨みは晴らせるよ」

「で、でも、どうして越前坊がうちのせがれを殺したんだい」

婆さんの問いに、時次郎はひと呼吸おいてから答えた。

「そこはあんたのほうがよく知ってるんじゃないかい。あんたが考えているとおりだと思うよ」

婆さんが目を見開いた。

「あたしが考えているとおりって……」

「つまり、あんたの孫が命じたのさ」

「孫？　ふざけんじゃないよ！」

婆さんは叫んだ。顔が紅潮し、ぶるぶるふるえている。

「どうしてあの子が親を殺すんだい。いい加減なこと言って、ちゃんと調べたのかい。

婆あだと思って見くびるんじゃないよ！」

婆さんは啖呵《たんか》を切ったが、時次郎がおだやかな目で見返すと、それ以上は言葉がつづかなかった。時次郎は言った。

「そりゃ信じられないだろうね。いや、信じたくないだろうな。おれもいやだよ、こんな話をするのは」

婆さんを落ち着かせるように、ゆったりと話した。

「おれの考えはいまのところなにも証拠がないから、殺したわけを越前坊の口から聞きたきゃ、お上に訴えて出るしかない。うちも越前坊こと無宿蔵七にやられましたって訴えて出ますかい。でも、もしやつがあんたのお孫さんに頼まれたって白状すりゃあ……」

婆さんはその意味がわかったのか、下を向いてしまった。目が潤んでいる。

「どうするね。おれは頼まれたようにするだけだ。あんたの胸ひとつだ」

婆さんは肩を落とし、うつむいてひとしきり嗚咽《おえつ》した。時次郎はじっと待った。やがて婆さんは顔をあげると、

「表沙汰にならないよう、どうにかしてくださいな。孫と店を守ってやらないと。せがれも、あれはあれでひどかったからねえ」

と言い、小嶋屋の内情を話し出した。

「なんだ、またこれか」

夕飯の膳にむかった途端、時次郎の口から文句がでた。皿に赤黒い切り身がのっている。鮪《まぐろ》の膾《なます》である。

「鮪は精がつくって。それに安いし、いいことずくめでしょ」

おみつは平然と言うが、まぶした酢味噌《すみそ》でも消せない生臭いにおいが鼻をつく。

「おれの子供のころには、こんな下魚《げざかな》、食べなかったがな」

だがほかに菜はない。はあ、とため息をついて食べはじめた。

「ところであのお婆さんの件、片づいたの」

「まあな。ちっと、かわいそうなことになったがな」

婆さんの悲しげな顔が目にうかんだ。

越前坊こと無宿蔵七が捕まったのは、つい先日のことである。主殺しは大罪で、二日晒《さら》し一日引き回しのあと鋸《のこぎり》引きのうえに磔《はりつけ》、という極刑に決まっている。

婆さんの話では、もともと小嶋屋親子は仲が悪く、たびたび喧嘩をしていたらしい。父親が寝込む前にも派手な喧嘩をして、そのあとで長男を勘当して末娘に婿をとって店を継がせる、と言ったそうだ。

勘当されてしまえば、家を追い出され、その日のうちに食うにも困る身におちてしまう。長男にしてみれば、とんでもない話だった。

それをやめさせるには、父親を殺すしかない。

悩んだ長男は、どこかの悪い知り合いから紹介された越前坊に相談したのだろう。

修験者は山野の薬草にもくわしいから、越前坊も最初は毒殺しようとした。まず針が刺さった人形を庭において父親が呪われたと見せかけ、信心深い婆さんはじめ店の者をたぶらかした。

そのあと父親が寝込んだのは、食べ物に烏頭《うず》の汁でもまぜられたせいにちがいない。だが口にした量が少なかったのか、父親は死ななかった。

一度やってしまえば、もうあとへは退《ひ》けない。つぎで確実に殺すために、呪い返しのためと称して長男が越前坊とその手下を家に引き入れたのだ。

人数がそろえば、あとは店の者が寝静まるのを待つだけだった。

それにしても、これが表に出れば大変だ。親殺しは引き回しの上、磔である。小嶋屋も当然、潰れる。越前坊が捕まったいま、長男は生きた心地がしないだろう。婆さんもどんな思いでいることか。

いや、婆さんも孫の仕業だと薄々は疑っていたのだろう。だがそんなことは信じたくない。だから誰かが呪ったのだと言いだし、自分もそう思いこもうとした。

わざわざ時次郎に頼みに来たのは、自分が納得するためだ。

時次郎がまちがえて呪い殺しの証拠をつかめばそれでよし。なくても世間に呪い殺しのうわさが広まれば成功だったのだ。

だがそれが裏目に出た。

とはいえすでに極刑が決まっている越前坊に追加のお調べがあるとは思えないから、こちらから申し出ない限り小嶋屋の件は表沙汰にはならない。小嶋屋はこれからも表向きは平穏につづいてゆく。

店を継いだ長男は父殺しの過去を胸に秘め、婆さんはそんな孫をだまって見ながら余生をすごすことになる。

それがどんな暮らしなのか、時次郎には想像がつかない。

「子供も大きくなりゃあ親の言うことなんざ聞きやしねえ。下手《へた》すると親を殺すかもしれねえんだぜ。それでも子がほしいかね」

「いいじゃない。どうせいつかは死ぬんだもの」

おみつは大胆にも言い切る。時次郎は肩を落とした。

「ああ、長崎が恋しくなるよなあ。江戸なんか蹴飛ばして、長崎へ行きてえよ」

「逃げる気？」

「逃げたくもなるさ。おめえはたくましいな」

「あたしゃ子供に殺されるなら本望さ。子を持つことは金銀珊瑚《さんご》にまさる宝物、っていうでしょ」

そうかね、と時次郎は小首をかしげ、生臭い鮪の身を口にほうり込んだ。

それはねちゃりとぬめったばかりか、鋭く舌を刺激した。

内藤新宿《ないとうしんじゅく》偽《にせ》の分散

一

「さすがに薬くさいね」

佐原屋の下代《げだい》、新三郎は、天竺屋奥の八畳間でそんなことを言いながら、棚におかれた冊子をめずらしそうに眺めまわしている。

「ま、においも効き目のうちさ。薬ってことがわかるだけでもありがたいだろ」

時次郎は言うが、薬くささは店においてある薬種からより、八畳間のさらに奥にある薬部屋からにおってくるものだ。そこで時次郎はさまざまな薬種をすり潰したり煎じたりして、薬を調合しているのである。

古くからの本草の知識に、オランダ渡りの本草の智恵を合わせて、新しいよく効く薬を作ろうとしているのだが、いまのところうまくいっていない。やはりもっとオランダの本草学が必要なようだ。

時次郎は文机《ふづくえ》の向こうにすわって煙管《きせる》に煙草を詰めていたが、ひょいと目をあげて、

「で、話ってのは、昔の？」

と本題に入るよううながした。

新三郎は時次郎が以前、公事宿《くじやど》の佐原屋で下代をつとめていたころの弟分で、いままでも親しく行き来している仲だった。今日、前触れもなくこの天竺屋にたずねてきたのである。珍しく仕事の話だというから、昔、時次郎があつかった案件の話にちがいなかった。

「そうそう、七年前に椀屋《わんや》相手の貸し金返済出入りで、切金《きりがね》になったやつ。憶えてなさるかね」

「椀屋？　そんなのもあったな。……辰巳屋《たつみや》、だっけ」

時次郎は佐原屋では十年以上も下代として公事の手伝いをしていた。

最初は小僧として部屋の拭き掃除や荷運びなどの仕事ばかりだったが、やがて公事の手伝いをする下代としてはたらきはじめた。そこでも才覚を発揮し、百箇条ある御定《おさだめ》書の文言《もんごん》から留役《とめやく》の旦那衆の顔と名前、古くからあるしきたりやいくつもある申し状や証文の書式まで、公事に必要なことをすぐに憶えてしまった。

数年の内には三人いる下代の中でもっとも頼られる存在となり、時次郎を指名して佐原屋に泊まりに来る訴訟人まであらわれるようになったのである。

以来、かぞえ切れないほどの案件をあつかっている。しかし椀屋相手というのは一件しかない。

辰巳屋というのは日本橋近くの南塗師町《みなみぬしちょう》にあった椀屋だった。漆塗りの椀や膳、箸といった高価な食器をあつかう商人で、店構えも大きく客先は大身《たいしん》旗本や大商人が多かった。

時次郎が手掛けたときには、先代から手堅くやっていた商売の手を急に広げたあげく金詰まりになって、金主《きんしゆ》や仕入れ先から返済の催促をされるようになっていた。そのうち一件が公事になって、嘉兵衛《かへえ》という人が常陸《ひたち》の在から出てきて訴えをし、宿となった佐原屋では下代として時次郎が世話をして、といった事情だった。

「たしか訴えて出た嘉兵衛さんってのは、辰巳屋の遠縁だったかな。常陸国は鹿島《かしま》の在の庄屋だよな」

「さすがよく憶えてなさる。そのとおり、で、辰巳屋。これがまた……」

「切金も払えなくなったってか」

やっと火がついた煙管から長々と煙を吐いて、時次郎は目を細めた。

「いや、それより先へ行ってる」

新三郎が片頬をあげた。

「先？」

「切金が払えなくなったのは四年前で、そのときに分散（破産）したんで」

商売が行き詰まって、もう二進《にっち》も三進《さっち》もいかないとなると、借り手は手持ちの財産をすべて売り払って借金の返済にあてるから勘弁してくれ、という手に出ることがある。これを分散という。

負い手（債権者）があつまって借り手の財産を調べ、売り払った代金を話し合いで公平に分けるのだが、当然、貸した金全額は返ってこない。せいぜい二、三割返ってくればいいほうで、中には一割未満しか返ってこないこともある。

借り手は身ぐるみ剝がされるが、負い手にとっても手痛い損害となる。

「ほほう。そういや借金の先はひとりじゃなかったな、あんときゃ、たしか十人近くから……」

お白洲に呼び出された辰巳屋は、ほかにも金を返す先が多くて、とても即金では払えないと訴えたのだ。それで最後は五年分割の切金で決着したのである。

「負い手は十二人だそうな。当然、嘉兵衛さんも負い手のひとりとして二割なにがしを受けとって、あとは泣いたって……、あ、これは姐《ねえ》さん、すみません。わあ、おれなんかが姐さんに茶を淹《い》れてもらったんじゃあ、あとで店で怒られる」

おみつがふたりに茶を出したのを、新三郎はさかんに恐縮している。おみつは佐原屋主人の姉で、新三郎にとって主筋《しゆうすじ》にあたる。

「お茶くらい遠慮することたあないよ。客なんだから。ゆっくりしておいき」

おみつは茶をおくとさっと店の方へもどった。時次郎はつづける。

「じゃあ、きれいに分散したんだ。二割でもなんでも、それならもうけりがついて、話もなにもなかろうに」

「いや、それが大ありで。どうも分散が仕組まれてたんじゃないかって」

吐いた煙の行方を見ていた時次郎が、目を新三郎に向けた。

「仕組まれてた？」

「ああ。どうも辰巳屋の弟が内藤新宿に店を出しているらしい。それが辰巳屋の金で出したんじゃないかってうわさがあるんだ」

実際は金があるのにないようによそおって分散し、借金を踏み倒す手は昔からある。目一杯に金を借りておいてその金をどこかへ隠し、払えなくなったから二、三割の返済で勘弁してくれとやるのだから、性質《たち》の悪い犯罪である。

「じゃあ辰巳屋自身は？」

「裏店住まいで。ええ、しおらしく団扇《うちわ》の骨を作る内職をしてて」

「怖い筋の兄さん方なら、すぐに締めあげに行くだろうに」

「それが、小狡くやりやがったのか、怖い筋からは金を借りてねえんで。負い手はみんな実直な仕入れ先か、素人でね」

ふうんと相づちを打ち、時次郎は虚空を見た。商売が行き詰まって分散になれば、当面は負い手も追及しなくなる。だが借りた金が帳消しになったわけではない。その後、分散した者が再起して手許に金が溜まれば、負い手はそれを請求することができる。

だから分散したあとに金を隠すとすれば、自分の金ではないように見せかけなければならない。辰巳屋の場合、弟に金を移したということなのだろう。

新三郎は茶をひとくち飲んでから、また話しはじめた。

「で、それを聞きつけた嘉兵衛さんが、常州《じょうしゅう》の在から出てきてうちの旦那と相談して……」

「おれに当時のいきさつを聞いてこいってことか。一件書類はそっちの蔵に入ってると思うがな」

「いや、それだけじゃなくって、こういうのは兄いが得手だろうって」

「こういうのって、どういうのだ」

「だから、ちょっと込み入ったやつ。そのままじゃあ公事になりそうにねえが、うまくやりゃあものになるっての」

「おれを出入師《でいりし》みたいに言ってくれるな」

「いやいや」

新三郎は苦笑いしつつ首をふった。

「でも、このままじゃあ訴えて出るわけにもいかねえでしょう。嘉兵衛さんにそう言っても、いや訴えて出る、負い手の仲間十一人に話せば、みな目安をつけるって言うにちがいねえ、許せねえってえらい剣幕で、旦那も少々困ってるんで」

分散のさいに負い手になった者たちは、借り手の財産を調べて貸し金に応じて分配するという面倒な作業のために、何度も何度もあつまっては話し合わねばならない。いがみ合いに終始する場合もあるが、煩雑な仕事をやり遂げる間に肝胆相照らす仲になることもある。辰巳屋の負い手たちは後者だったらしい。

「困るって、正直にお公事にならねえって言って断りゃあいい。それしかねえよ」

「いや、それがいろいろあってさ。聞けば嘉兵衛さんもさほど金が余っているわけじゃなさそうだし」

「………」

「つまり、智恵を貸してくれってことでさ」

「智恵ねえ。こっちに厄介払いしようってえのじゃねえのかい」

時次郎は腕組みをした。

「うまいこと偽の分散をあばけたら、兄いにももうけになるでしょうよ」

「佐原屋には嘉兵衛さんの宿代が入るしな」

新三郎はにこりとした。時次郎は小さく煙を吐き、目を細めて首をかしげたあと、あきらめたように言った。

「仕方がねえ。じゃあ、まずはわかっていることを洗いざらい教えてくれ。ちとあたってみる」

「そうくると思った。だいたいのことは、これに」

と新三郎は懐から折った紙を取りだし、時次郎にすすめた。

時次郎は紙を広げ、ざっと読んでみた。

嘉兵衛の貸し金はおよそ六十両で、返ってきたのは十三両ばかり。分散したときの辰巳屋の総借金額は三百八十両というから、嘉兵衛はかなり大口の負い手だ。あとは上野国や下野国《しもつけのくに》、京や鎌倉の仕入れ先が多いが、近所の米屋や酒屋も小口の負い手として名が出ている。

一方で支払いの滞っていた客先の名も書いてある。高価な漆塗りの椀を買うような客だから、旗本、大名の江戸屋敷が多い。しかしすべてあつめても七、八十両といったところで、これが分散にいたった主な理由ではない。

時次郎が下代だったときに聞いた話では、仕入れ値が高すぎて品物が目論見どおり売れなくなったのが行き詰まりの原因とのことだったが、仕組まれたというのが本当ならば、借りた金の多くはどこかに隠してあるということになる。

辰巳屋の係累は、あまりないようだ。妻は早くに死に、子供はいない。弟がふたり、妹がひとり。親戚に手広く商売をやっている者はいない。

「むずかしいな。たとえその内藤新宿の店が辰巳屋のものだったとしても、どうやって口を割らせるんでえ」

紙をたたみながら、時次郎は言った。

「だから智恵を借りたいってことさ」

「そんな手があるかね」

「兄いなら、なんとか」

時次郎はにやりと笑った。

「ま、考えてみよう。しばらく待ってくれ」

うなずいて新三郎は立ち上がった。時次郎は店先まで見送りに出る。

別れ際に新三郎は気になることを言った。

「仕事を頼んでおいてこんなことを言うのはあれだけど、気をつけて。お上のほうは、まだ忘れてないらしいから」

「ああ、わかってる」

「ちょっと鼻薬でもきかせておいたほうが……」

「なあに、話せばわかるさ」

時次郎は応えた。

北町奉行所の石橋という定廻《じょうまわ》り同心が、時次郎に目をつけているという話だった。

お上は、公事に当事者以外が口をはさむのを嫌う。

そもそも、どんなことをするとどんな罪になるのかさえ、公開していない。公事方御《くじかたお》定書百箇条《さだめがきひやつかじよう》という明文化された法があって、いまでは公事宿や多くの庄屋、町名主がその全文の写しをもっているのに、お上はそれを公然と認めてはいない。

民はなにも知らなくてよい、お上がすべての裁きをつける、という態度なのである。だから時次郎のような存在は、お上からすると煙たいはずだ。公事に口入れした、不届き至極とされてしょっ引かれる羽目になりかねない。

「ちょっとあんた、あんまり危ない橋を渡らないでよ」

とおみつが小声で言う。

「なに、心配ないさ。ちゃんとやってる」

と時次郎は涼しい顔で言った。

二

日本橋から二里ほど西に内藤新宿はある。

時次郎は夜明けに門前仲町の店を出て、西へと向かった。途中で旧知の地面屋、遠州屋と落ち合って話しながらぶらぶらと歩いたので、四谷の大木戸前《おおきどまえ》についたときには四つ（午前十時）前になっていた。

五月雨にはまだ間があって、青く澄んだ空には雲ひとつない。初夏の陽射しの中を歩くうちに汗をかいて、背中が気持ち悪いほど濡れていた。遠州屋もさかんに手拭いで額をぬぐっている。

「内藤新宿ってのが、解《げ》せねえな。どうしてもっとはやりそうな場所にしねえのかな」

遠州屋は陽光に目を細めながら、木戸から先の町並みを眺めている。

「いや、悪い場所じゃねえが、金の使い道ならもっといい物件があるだろうによ」

四谷の大木戸を出たところから、甲州街道と青梅《おうめ》街道の分かれ道である追分のあたりまで、およそ十町ほどのあいだ左右にびっしりと家が建て込んでいる。

繁盛しているが、これでもいまから何十年も前、享保《きようほう》三年に宿場が廃止されたあと、旅籠《はたご》がなくなって町が寂れたのだという。

「ま、まずはものを見てみるか」

ぶつぶつ言いながら、遠州屋は歩き出した。

新三郎から教えられた店は、追分から十軒ほど西に進んだところにあった。間口が三間《けん》と思ったよりも大きかった。その上、左右の店や町並みから想像するに奥が深そうだから、地所としたらかなりの広さだろう。

屋根にかかる看板には「呉服太物類」とあり、店先にかかる紺色ののれんには「太物赤座屋《あかざや》」と白抜き文字で描かれていた。

店内の畳には縞模様や無地の反物《たんもの》が少しひろげておいてある。奥には前垂れ姿の小僧がひとり、客待ち顔ですわっている。その背後には三段の棚があり、色とりどりの反物がおいてあった。客はここで反物を買って、仕立てに回すのである。おかしなところはなく、どう見てもふつうの太物屋だった。

街道を二度ばかり往来してそれとなく店を観察したが、小半刻ほどのあいだ、誰ひとりとして店に入っていかなかった。

「客の入りはよくねえな」

「太物屋をやるには土地柄が悪いのかな」

遠州屋がつぶやく。

「主人は、どんなやつだって？」

「聞いたところでは……」

ここの主《あるじ》となっているはずの弟も、分散の前は兄といっしょに椀屋をやっていたという。椀屋とは仕入れも売り方もすべてちがう太物屋へ、急に商売替えをしたというのも考えにくい。だから実際の商いは別の者にやらせ、店と地所だけもっているのかもしれない。

――辰巳屋も苦しいところだろうな。

時次郎は想像する。

辰巳屋が分散にそなえて借りた金を隠したとしても、小判や銀のままでは始末に悪い。なにしろ負い手の目が光っていて大っぴらには使えないので、壺に入れて土中に埋めておいたのでは、いつまでも取り出せないことになってしまう。

だから一度、出所の説明がつく金に替える必要がある。金を洗濯して、もともとついている匂いや汚れを消すのだ。

そうした金の行き先となるのは、たいてい地所や家屋の沽券《こけん》（売渡証文）だった。店《たな》貸し賃や地代が入ってくるから当座のしのぎになるし、うまくすれば値上がりも期待できる。変わったところでは御家人株《ごけにんかぶ》やさまざまな商売の仲間株というのもあるが、素人には手を出しにくいものだ。

もちろん分散をやらかした本人がやるわけにはいかないが、弟ならば目立たない。そうして数年おとなしくしておき、ほとぼりがさめたころに沽券を売り払い、その金で上方へでも行って悠々自適の暮らしをする。そのために立地の悪さに目をつむってこの店を買ったのだろう。

もしかするとこの店だけでなく、ほかにも何軒かの店をもっているのかもしれない。

これが実際は辰巳屋のものだとはっきりさせれば、分散が仕組まれたもので、辰巳屋が負い手をだましたと証明できる。

だが、それがむずかしい。

弟と辰巳屋とのあいだで金のやりとりの覚書でも交わしてあればいいが、そんなことはしていないだろうし、たとえあったとしても盗み出してくるわけにはいかない。書いたものがない以上、辰巳屋に白状させるしかない。しかし白状するくらい正直な人間なら、最初から分散など仕組まないだろう。

「とにかく辰巳屋を動かさなきゃあならねえが、あの店を売らせることはできるかな」

小声で遠州屋に話しかけた。

「絵図面、描けてるようだね」

遠州屋は含み笑いをしている。

「まあ、ざっとね」

大ざっぱな絵は、新三郎の話を聞いてものの小半刻で思いついた。

「売り手のほうにはうんと高く売れるように持ちかけて、買い手には相場より安く買い取れるようにするのが肝心だが、その前に辰巳屋があの店を売るつもりにならねえと、話がはじまらねえ」

「商売がうまくいっている店を売らせるのは、むずかしいねえ」

遠州屋はつづける。

「売れって言っても相手にされないだろうし、下手《へた》すりゃ追い出されて塩をまかれる」

「そりゃそうだ」

「でもあの店、たいしてはやっているようには見えないから、持ちかけ方によってはなんとかなるかもしれねえな」

遠州屋は余裕を見せている。

「あてはあるのかい」

「ないこともない」

時次郎はうなずいた。遠州屋がそこまで言うなら、まかせても大丈夫だ。

翌日、時次郎は新三郎に会いに佐原屋へ出かけた。

佐原屋のある馬喰町には、八十軒ほどの旅籠がならぶ。裏手には火除《ひよ》け地を兼ねた広い馬場があり、片隅に火の見櫓《やぐら》が聳《そび》えている。関八州《かんはっしゅう》を治める郡代屋敷もすぐそこだ。

朝夕になると旅籠を立つ客や今夜の宿をさがす客、客を送り出したり呼び込んだりする宿の者が入り交じって、旅籠の前の通りもごった返すが、昼前の通りは閑散としていた。

佐原屋にかぎらず公事宿には、公事の客より一般の遊山客《ゆさんきゃく》や商人のほうがうんと多い。しかし中には公事訴訟人を泊めようとつとめている宿もある。物見遊山や商売の客はせいぜい二、三泊、長くても五、六泊ほどしかしないのに、公事訴訟人となればひと月ふた月は当たり前、長ければ半年、一年と泊まってゆくから、旅籠にとってはありがたい客となるのだ。

佐原屋も公事客に力を入れている宿で、公事の手伝いをする下代を何人も抱えている。

「ごめんよ」

と声をかけて表から入った。

間口五間、奥行き十五間の二階建てと、公事宿としてはごく普通の店構えだった。

表の左手は土間が広くとってあり、框《かまち》から板の間へ上がると、少し奥に階段があって、二階が旅人の部屋になっている。真ん中に奥へ通る廊下があって、右手は障子で仕切られていた。こちらには八畳間がふたつつづいており、客の公事を手伝う下代たちの仕事部屋になっている。

「お、待ってました。進んだみたいですね」

障子をあけると、新三郎が笑顔で迎えてくれた。三つならんでいる真ん中の机が新三郎のものだった。横に紙の束がおいてあり、忙しそうだ。いまの佐原屋での地位を示している。

「いるかい」

と奥の八畳間を指さした。奥は主人の仕事部屋である。

「お客につきあって評定所《ひょうじょうしょ》へ行ってます」

「そうかい。挨拶はあとだな」

時次郎はほっとした。

主人はおみつの弟である。時次郎はここの下代をしていたときおみつと惚《ほ》れあって駆け落ちをしたから、おみつの家族とはいろいろあった。おみつの父からは、財産目当てで娘に手を出したと言われ、おみつが勘当される寸前までいったのである。

結局、父の死によってふたりは許されたのだが、家を継いだあとの弟は、姉のおみつはともかく、時次郎には少々距離をおいている感がある。時次郎も、いまは義弟とはいえ主筋だから何かと気を使う。顔を合わせずにすめばそれに越したことはない。

「で、見通しは」

新三郎はうれしそうだ。

「うーん、まあ、なんとかなるだろう」

「本当ですかい。さすがだな。じゃあ、さっそく嘉兵衛さんに会ってもらおう」

「ここじゃあまずい。おれの店に来るように言ってくれ」

それだけ言って、時次郎は佐原屋を出た。

三

一ヶ月後——。

「本当に、そんなうまい話があるだか」

白田屋弥右衛門はむずかしい顔で言う。

「八十両、ひょっとしたら百両はする家作を六十両で買えるって、そんな話を聞けば、誰でもおかしいと思うべ」

白田屋は下総の銚子で干鰯問屋《ほしかどんや》をいとなんでいる。干鰯を売ってもうけた金で江戸の地所を買って利殖にはげんでいるが、以前、芝居茶屋をめぐる騙《かた》りに引っかかった。公事に訴えても埒が明かないので時次郎に助けを求めたことがある。

「疑うのも、無理はねえな」

時次郎は苦笑した。白田屋は首をひねる。

「あんたを信じてねえわけじゃあねえし、金はおいといても増えねえから、いい出物があれば買いてえけど、危ねえのはいやだ。芝居茶屋のときみてえに火傷《やけど》するのはご免だべ」

「たしかに仕掛けがある」

時次郎は微笑んだ。

「そいつをわかった上で買うかどうか決めてほしいんだな。だからこれから少々、付き合ってもらいてえんで」

常州鹿島の嘉兵衛とはすでに話がつき、辰巳屋の偽装分散を打ち破って貸し金を回収できれば、ふたつ（二割）の礼金をもらうことになっている。

そのためには内藤新宿の店を買ってくれる者が必要だ。財力があって地所の取引に慣れ、気心も知れた者がいいが、公事で一度付き合ったことのある白田屋はその条件にぴったりだった。

そこで銚子に人をやり、いい話があるので江戸へ出た折りに寄って欲しいと伝えたところ、ちょうど商用があるとかで折り返し返事があり、今日、天竺屋をたずねてきたのだ。

「仕掛けっちゅうのを、教えてくれるだか」

「ああ。隠したりしねえし、沽券の上でもちゃんときれいにして渡すつもりだ。あとで訴えられちゃ困るからな」

白田屋は唇を突きだしてしばし考え込んでいたが、やがて自分を納得させるように小さくうなずき、言った。

「じゃあ、教えてもらうべ。金を出すのはそれからだ」

「もちろん、それでいいさ。まずは家作を見てもらおうか」

その足でいっしょに内藤新宿へ行った。道々、辰巳屋が分散にいたった事情を話した上で太物屋を見せた。

「はやらねえ店じゃあ、どうかなあ」

暇そうな店に、白田屋は首をひねっている。

「商売を工夫すりゃいいんだって。それにここは、ほれ、一気に値が上がるかもしれねえだろ」

時次郎が微笑みかけると白田屋はきょとんとしたが、すぐに何か思い当たったように目を見開いた。

「ああ、それは知ってる。でもなあ……」

まだ迷っている。時次郎は何も言わず四谷大木戸のほうへ向かった。有利な物件にはちがいないから、金の使いどころを探している白田屋はきっと買うにちがいないと確信していた。

追分近くの茶店で昼飯がわりの団子を食ってから、つれだって馬喰町までもどった。白田屋は佐原屋に宿をとっている。しばらく佐原屋で待っていてくれと頼んだ。

「たぶんまだ日数がかかるから、それまでに決めてくれればいいからさ」

白田屋はうなずき、佐原屋に入っていった。

翌日、時次郎は遠州屋をたずねて進み具合をきいた。

「ああ、食いついたよ」

と遠州屋はこともなげに言う。

「買い主と話したいとよ」

「そりゃいい。一歩進んだな」

さすがに蛇《じゃ》の道は蛇《へび》、話がついたようだ。

「なに、あそこはまた宿場になるってうわさが絶えねえから、今度こそ宿場のお許しがおりる、だからいまのうちに地所を買いたがっているやつらが回ってる、二割増しどころか五割増しの高値でも買うそうだってうわさを流したのさ」

内藤新宿は飯盛女《めしもりおんな》が大勢いる宿場町として栄えていたが、風紀が乱れたせいか数十年前に宿場町の許しを取り消されてしまった。

以降、宿屋が廃業して飯盛女がいなくなり、町に昔の賑《にぎ》わいがなくなったので、夢よもう一度とばかり、宿場復活の請願が何度も繰り返されていた。許しが下りてまた宿場が開ければ、町は栄える。当然、地所や家作の値も高くなるから、それをあてこんで地所をもつ者もいる。辰巳屋もその口だろう。

「そうしてうわさがやつらの耳に届いたころに別の口から、お許しは結局、下りなかったって内緒話を聞かせてやった」

地所の値が上がるといったん喜んだあとだけに、平静ではいられないはずだ。

「宿場が開けねえとなりゃ、地所は値上がりどころか値下がりもある、となりゃ、早めに売り払っちまおうって考えるよな。しかも内緒話が漏れないうちにでないとまずい。まだ疑心暗鬼みてえだが、話は聞くとよ」

「ああ、引っぱり出せりゃそれでいい。それは弟のほうか」

「弟だ。弟が持ち主だからな」

「そりゃそうだ」

店の売却に道がついたのは大きな前進だが、分散に関しては弟には用がない。兄である辰巳屋が出てこないと話にならない。

「兄貴を引き出すのは、そっちの仕事だ」

遠州屋が言う。

「わかってる。なんとかする」

用心して裏店に引っ込んでいる辰巳屋を引っぱり出すのは難事だが、頭の中にはすでに案がある。

「大丈夫。餌をまけば必ず出てくる。で、この話は辰巳屋に通じているのかな」

「さあて、わからねえ。だけど相談相手がいるような口ぶりじゃあなかったから、たぶん話していないんじゃねえか」

「けっこうだ。まあ、どちらでもいいけどな」

これでおよそ役者がそろった。あとは舞台の上で舞わせるだけだ。

四

向島《むこうじま》の照葉亭《しょうようてい》は、大川の河岸にある料亭である。敷地が広く、風流な岩や松をあしらった池庭を取り巻くように、座敷が口の字に配されている。

時次郎はその一室に陣どって、ひと群の杜若《かきつばた》が紫の花を添えている池を眺めていた。池の向こう側にある三つの座敷を押さえてある。そこが今日の舞台である。

暑いので障子は開けはなち、廊下側には屏風《びょうぶ》をたててある。目の前の膳にはきれいに盛りつけられた肴と下り物の酒が載っているが、いらいらして手を付ける気になれない。

――遅いな。

もう来ていなければならないのに、辰巳屋が姿を見せないのだ。舞台はととのい、脇役や端役はそろっているのに主役が顔を出さないのでは、芝居にならない。

「まだかね」

新三郎が催促にくる。

「こっちはなにせ人数が多いからね。いまはまだ酒で間が持っているけど、あんまり待たせると文句を言うやつが出てくるし、閉め切ってあるから暑いし。いつまでもひと部屋に籠もっちゃいられないよ」

新三郎がいる右手の座敷だけ障子を閉めているのだ。

「わかってる。悪いが旦那方にはもう少しの辛抱だと因果をふくめてな、静かにするよう言ってくれ」

不服そうな顔の新三郎をなだめて帰すと、今度は遠州屋がきた。

「もう始めていいのかい」

こちらは辰巳屋の弟の相手をさせている。弟のほうはちゃんと刻限に来ているのだ。

「どうもずいぶんと用心している感じだな。ここで少しでも怪しげなそぶりを見せると、すぐにも席を立って帰りかねないよ」

「ああ、わかった。じゃあまずそっちから始めてくれ。ただしまだ白田屋さんは出さずに、値段の話はあとにして、期日とかほかの条件を先に詰めようってことでな」

「わかった。じゃあ始めるぞ。あとはくれぐれもうまく差配してくれよ」

こちらも不安そうな顔をする。時次郎も不安になってきた。

打合わせの場として向島は遠すぎたか。

迎えの駕籠でも出したほうがよかったかと後悔したが、そこまですると今度は辰巳屋のほうで疑ってかかるだろう。

辰巳屋をおびき出すために、分散の前に辰巳屋にツケをためていた勘定所勤めの武家の名をかたって、こんど物頭格《ものがしらかく》に昇進することが内々に決まった、ついては昔の負債を踏み倒したといわれては心外なので、たまっていたツケを払う、証文をもって来てくれ、と伝えたのである。

分散をしたときに辰巳屋の債権もすべて調べ上げてあったから、誰にどれだけのツケがあるのかを知るには、嘉兵衛から新三郎が聞きだしてくれればよかった。その中から適当な人物を、時次郎が選んだのだ。

使いの者は辰巳屋から応諾の返事をもってもどってきていた。だから辰巳屋は来るはずなのだが、いっこうに姿を見せない。あやしいと考えて二の足を踏んだのだろうか。

「辰巳屋さま、お見えでございます」

と仲居が伝えに来たのは、約束の刻限を小半刻すぎたころだった。ほっとして、

「すぐに真ん中の座敷に通してな、お待ちのお方は少し遅れると言伝《ことづて》がありましたと、伝えてくれ。出すのは茶だけでいい。料理はあとでな」

と仲居に頼んだ。やっと芝居の幕開きだ。

同時にもうひとりの仲居に、遠州屋がいる座敷に一の膳をもっていかせた。始めるぞ、という合図だ。

ちょうどそこへ白田屋がきた。半刻ほど遅れて来るよう、伝えておいたのだ。

「いやあ、話の相手ってのは、どこにいるだ」

「ああ、お待ちかねさ。さ、ずいと通ってくんな」

これも仲居に、遠州屋と辰巳屋の弟のいる座敷へ案内させた。

左手と真ん中の座敷は障子を開けているから、それぞれの表情が見える。

こちらから見て左手の座敷に白田屋が入っていった。辰巳屋の弟と相対する。

真ん中の座敷には辰巳屋がすわって、茶を前にひとりで手持ちぶさたにしている。弟のほうにはこの照葉亭につれてくるまで料亭の名は伝えてないから、辰巳屋は弟がとな

りの座敷にいるとは知らない。

そして右手の部屋は閉め切ってあって、中はうかがえない。

時次郎は席を立って廊下を歩き、向かいの座敷前まで来ると廊下に身をかがめた。

――さあ、それぞれの役をうまく演じてくれよ。

祈る気持ちで耳をそばだてていると、まずは遠州屋の声がひびく。

「……居抜きで店を買いとって、店の名も、店者《たなもの》たちもそのままでけっこう、ただ家賃さえ払ってくれればよし、そういうことであれば店者たちも文句はない、これでよろしいですな」

これに対して辰巳屋の弟らしき声がぼそぼそと聞こえたが、か細くてしかも短いので何を言っているのかわからない。

「よろしいと。白田屋さんもけっこうですな。じゃあつぎは売値ですかな」

遠州屋の声ばかり聞こえ、辰巳屋の弟の声は聞こえない。

――おい、もうちょっと大きな声を出してくれ。

弟の声が辰巳屋まで届かないと、この芝居はうまくいかない。弟の声の小ささまでは勘定に入れていなかったと、時次郎はあせった。

「いや、これはそうしたもんです。ええ、この値で精一杯でしょうに」

遠州屋の声はよく通る。辰巳屋の弟もなにか言ったようだが、聞き取れない。

「そりゃあそうだべ。安いと聞いたから買おうとしたんだ。そんな高い値ではとてもとても買えねえ」

白田屋の胴間声《どうまごえ》も聞こえる。

ちらと真ん中の辰巳屋が入っている座敷に目を向けた。障子は開けておくよう仲居たちに言っておいたから、ちゃんと開いている。その上、部屋を仕切る障子も薄いから遠州屋たちの声は筒抜けのはずだ。だが弟の声が届いているかどうかはわからない。いまのところ辰巳屋が動いた気配はない。

――おい、もう少し弟をあおり立てて声を出させてくれ。

紙に書いて仲居にわたし、遠州屋あてにもたせようかと思った。

だがその必要はなかった。

「てやんでえ。高く買うというからここへ来たんでえ。安く安くって、これじゃあまったく話がちがうじゃねえか。おう、遠州屋とやら、どういうことでえ」

高い声が聞こえた。弟が我慢ならずに怒りだしたようだ。

「あの店はな、人に言えねえ苦労をして作った金で買ったものよ。それを買い値より安い値なんかで売れるか。いい加減にしろ!」

なおも汚い言葉でわめき散らしている。白田屋は度肝を抜かれたか、だまりこんでしまったから、なお弟の声ばかりが響く。

いいぞ、その調子だと思ったとき、すたん、と障子が開く音がした。

「やっぱり仁吉《にきち》か。おい、なにをしてるんだ」

辰巳屋の声だ。

「あ、兄い……」

「でけえ声を出しやがって。ここでなにをしてんだ」

「ああ、それは……」

弟のおどろきの声がかぶさる。時次郎は噴き出しそうになり、思わず口を押さえた。

「店を売るだのと聞こえたが、どの店を売るつもりだ。それよりおまえ、おれに内緒で店を売るたあ、どういう了見だ」

「いや、これは……。その、こいつらにそそのかされて……」

「なぜおれにひとことの断りもなく勝手に話をするんだ。どの店も、おめえのもんじゃねえだろうが！」

「ひとつぐらい、いいだろうよ。おれだって兄貴とおなじくらい負い手に責められて苦労したんだぜ」

弟が言い終わった途端、だだん、と乱暴に障子を開ける音がした。

「辰巳屋さん、聞かせてもらいましたよ」

新三郎の声だ。つづいて荒い声がした。

「おう、辰巳屋さんよ。おめえさん、店をもってるのかい。それもひとつじゃなさそうだな」

「分散したとき、財産をみな差し出して無一文になったんじゃねえのかな」

「財産が残っているたあ、おれたちを騙したのかね。ああ？　わかるように話してもらいましょうか」

大勢の足音が真ん中の座敷を通りぬけ、左手の座敷まで踏み込んだ。

「こ、これは……」

辰巳屋の声が裏返る。

芝居も終幕が近い。時次郎はそっと廊下を歩き、庭の向こうの座敷へもどった。

見れば庭の向こうでは三つの座敷のあいだにあった障子がみな開き、男たち十二人が左手の座敷まできて辰巳屋を取り囲んでいる。男たちは嘉兵衛を通じてあつめた辰巳屋の負い手たちだ。右手の座敷にずっと籠もって辰巳屋の声に聞き耳をたてていたのだ。

分散したとしても、借りた金の返済義務は残っている。

店をいくつももっていることをみなに聞かれてしまったからには、辰巳屋は言い抜けできないだろう。隠し財産をあばかれ、借りた金のカタに奪われて、今度こそ本当に一文無しになるのだ。そして嘉兵衛たちは金を手にし、時次郎の懐もうるおうことになる。

――やれやれ。これにて一件落着。

すっかり冷めた酒を、時次郎は手酌で飲み始めた。

根付《ねつけ》探し娘闇夜《やみよ》の道行《みちゆき》

一

「じゃあ、これで」

「おう、ご苦労さん。またたのむよ」

下っ引きの米助はにこやかに手をふって天竺屋を出た。時次郎とおみつがのれんの前で見送っている。

米助の懐には時次郎からもらった金二分《ぶ》が入っている。

貸し金返済の公事《くじ》にかかわった時次郎から、借り手が金を隠していないかどうか調べてくれと頼まれ、ひと月近く借り手の出入りを見張った。

その結果、隠し金は見つけられなかったものの借り手が妾《めかけ》を囲っていることがわかり、それを種に公事を貸し手有利に進めることができた。金二分はその礼である。

店の前の通りを歩いて角を曲がったところで、米助は笑顔を消し、ほうと息をついた。その足で神田へもどり、貞吉親分の店へ向かった。

店の前にきて、はたと足を止めた。

着流しに二本差し、黒い絽《ろ》の羽織姿の背の高い男が店から出てきたのだ。股引《ももひき》に尻端折《しりつぱしよ》りした小者をひとりあとに従え、雪駄《せった》を鳴らして遠ざかってゆく肩幅の広い背中を見送ってから、米助は店に入った。

貞吉親分は店の奥で一服していた。

「石橋の旦那、来てらしたんですかい」

親分にたずねると、

「おお、すれちがいだな。なに、別に用はなくてな、いつもの見廻りよ」

とのんびりした答えが返ってきた。

ただいま時次郎さんの手伝いを終えまして、と米助は告げた。

「そういや、おめえは天竺屋の件があったたな。旦那は別段、急いでるふうでもなかったが……。なにか変わったこと、あったかい」

貞吉親分に問われても、

「いやあ、いつものように小遣いをもらいましたよ。気っぷはいい人でさ」

とありのままを答えるだけだった。

「ご禁制の品とか、おかしなやつの出入りとか、なかったかい」

「それも、べつに……」

「まだ見当はつかねえか」

「へ？」

「金の使い道だよ。かなりかせいでいるだろう。何のためにかせいでいるのか、何に使っているのか、見えてこねえか」

「さあ……。べつに豪勢な店でもねえし、家の中を見ても別段、金目のものもありませんぜ。薬の仕入れにでも使ってるんじゃあねえですかい」

「薬屋ははやっているのか」

「いやあ、まあそこそこでしょうね」

「……そうかい。ご苦労だったな。おっと、小遣いをもらったのなら、そう誉めてやることもねえか」

貞吉親分は鼻の上に皺を作った。

「石橋の旦那に話すんですかい」

「そんなこたあ、おめえが知らずともいいことだ。口を慎め」

「へえ、すんません」

納得がいかないまま、米助は頭を下げた。

定廻《じょうまわ》り同心の石橋角次郎《かくじろう》から貞吉親分に、時次郎を見張るよう指示が出ていた。あやしい動きがあれば知らせろというのだ。

それで米助は、時次郎の動きを折りにつけ貞吉親分に報告している。

そもそも公事の手伝いをできるのは、町名主やお上から認められた公事宿だけである。それも金をとることはできない。

町名主たちは自分の職分として訴人に付き添うことが義務づけられており、やむなくやっているのだし、公事宿にしても訴人が泊まる日々の宿代を得るだけで、公事の手伝いをするからといって別に料金をとるわけではない。

だから薬屋の分際で公事に口を出し、それで金を手にしているというだけで時次郎は、「お上を愚弄する不届き者」ということになる。御用の筋あり、としょっ引こうと思えばしょっ引ける。

もうひとつ、オランダがらみのほうも疑いを持たれている。時次郎はオランダことばに興味があるらしく、蘭方医《らんぽうい》や通詞《つうじ》ともつきあいがある。

蘭方医や通詞がオランダにかかわるのは、別に罪ではない。しかし一般の人間がオランダことばをいじったりするには注意がいる。以前、「紅毛談《おらんだばなし》」という冊子の中にオランダの文字が書き入れてあったため、お咎めをうけて絶版になったという話もあるほどだ。

オランダことばに関しては、どこまでがよくてどこから先がいけないのか、貞吉親分にもわからないらしいが、もっていきようによっては罪になる。ともかく注意して見ろと言われていた。

もし時次郎がしょっ引かれたら、どうなるだろうか。

町人だから、まずは牢に押し込められ、事情を聞かれてから沙汰が下りるだろうが、素人衆が牢に入れられたら、沙汰が下りる前に牢名主や先に入っているやつに痛めつけられ、まず半分くらいは死ぬ。

死なずに沙汰をうけても、公事の相談にのってけっこうな金をとっているはずだから、それを悪事でもうけた金と見なし、十両盗めば首が飛ぶというお沙汰に照らし合わせれば、まず生きてはいられないだろう。

そのへんは公事沙汰に通じている時次郎のことだ。十分にわかっているはずなのに、出入師《でいりし》の真似をやめようとしない。よほど自信があるのか、鈍いのか。何か別に理由があるのか。

――ま、なんとも風狂なやつだぜ。

子供はいないようだが、自分の店を持ち、女房もいる。そんな身で危ない橋を渡っているやつの胸の内が知れない。変なやつだと思うしかなかった。

こちらは時次郎からときどき調べものや見張りの仕事をもらう一方で、貞吉親分に時次郎のようすを教えているが、時次郎はもちろんそんなことは知らない。

そのあたり、時次郎をだましているようで、どうにも気が重い。

空は曇り、湿った風が吹いている。五月半ばとあって、風は爽やかとはいかない。少し歩いただけで汗ばんでしまう。

いろいろ考えているうちに、住んでいる源平店《げんぺいだな》についた。いつも饐《す》えたどぶの臭いがする裏店である。

「いま帰ったぜ」

障子をあけると、とたんに赤ん坊の泣き声が聞こえてきた。

「おまえさんかい。先に風呂へ行っておくれ。飯は炊いとくから」

衝立《ついたて》の向こうから女房の声がする。夜泣きする乳飲み子を抱えて、女房も疲れている。

——危ない橋なんざ、渡れねえよ。

米助はため息をついて狭い六畳間に上がり込み、風呂桶と手拭いをさがした。

二

そのころ、文机《ふづくえ》の前にすわる時次郎は、おどおどと部屋に入ってきた娘を眺めていた。

年のころは十六、七歳と見えた。顎の線もしまり、やや目に険があるものの鼻も唇も形よく、目立つほどの美形だった。

無地の小袖に帯を竪結《たてむす》びにし、髪を島田に結って大きな花簪《はなかんざし》を挿《さ》しているから、嫁入り前なのは歴然としている。そんな娘が何をしに来たのかと思った。しかももうそろではあるまい。

そろ暗くなる時刻だ。

お上に訴え出られるのは、戸主だけだ。まさか嫁入り前の娘が公事をやろうというのではあるまい。

ふさと名乗った娘は、

「あの、おきせさんからこちらのことを伺いまして」

と切り出した。

「ああ、おきせさんか。達者にしてるかい」

以前、夫を間男として斬り殺された女の相談に乗ったのを思い出し、時次郎はちょっと頬をゆるめた。

「ええ、元気でいらっしゃいます」

おふさは、おきせの営む古手問屋、志摩屋の近所に常磐津《ときわづ》の師匠の母とふたりで住んでいたという。母がおきせと仲がよかったため、十三歳から嫁入り前の行儀見習いのつもりで、志摩屋に通って水仕事をしていた。

ところが去年、母が急な病で亡くなって、おふさは十六歳でひとりぼっちになってしまった。そこに困ったことが起きた。しかも日が限られていて、急いで対処しなければならない。

だが十七歳のおふさに手に負えることではなかった。急には助けてくれる人もいない。

そこでおきせに相談したところ、時次郎を教えられたのだとか。今日はつとめを終えてから来たので、遅くなったのだという。

「ほう。お困りかい。どうなすった」

おきせの紹介とあっては、話を聞かずに追い返すわけにもいかない。

「じつは大切な根付を質に入れて、つい流してしまって……」

病にかかった母の薬代のために質入れしたのだが、期限までには請け出せず、やっと金ができたので引き取りに行ったら、買われてしまったあとだった。これを買いもどしたいが、何とかならないか。買った者もわかっていて、掛け合いに行ったがにべもなく断られてしまった。公事にしてでも取り返したいのだがと、おふさは話した。

「そいつは無理筋だねえ」

話を聞いた時次郎は、ゆっくりと首をふった。

根付は、煙草入れや印籠《いんろう》などを紐で帯からつるすための留め具である。
一、二寸ほどの大きさでたいていは飾り気のない安物だが、中には凝った彫刻をほどこした高価なものもある。質草になったということは、かなりいいものだろう。
「向こうにはどこも悪いところがねえ。質流れして店に出ていた品を、言い値で買ったってだけだろ。そいつを売ったのはまちがいでした、返してくださいというだけじゃあ、お上だってお取り上げにならないよ。もしその言い分を通したら、商売なんざひとつも成り立たなくなっちまう」

「やはり無理でしょうか。でも、どうしても返してほしいんです」

おふさは粘るが、その言葉にも時次郎は首をかしげた。

「もしそいつが盗まれた品だってんなら、まだ手の打ちようがあるが、そういうわけでもねえんだろ。あんたが自分で質屋へもっていってそれが流れたってんだから、そりゃあ無理だ」

「ええ、でも……」

どうしても返してもらわなければ困る、と言う。

「何か深いわけでもあるってのかい」

「………」

娘はうつむいた。わけはありそうだ。だがなぜか腰がすわっていない。公事に訴えたいという割には、洗いざらい話そうとしないのはなぜか。

こういう話は取りあわないほうがいい、と時次郎は用心した。

「あの根付、ある人から借りていたものだったんです。母の死後、返せと言われていて……」

娘はぼそぼそと言った。

「借り物ねえ。そりゃ大切なものだ。だったらどうして質入れしたんだい」

「……母が、あれを質に入れろって……。あたしは借り物って知らなかったんです」

「ありそうな話だな。だったらなぜ流した。ふつうは取りもどすだろ」

「あのときは……、そんなに大切なものだと知らなかったので……。流しちまって、忘れようとしたんです」

時次郎の目が動いた。

「ほう。忘れようとしたのか。それが借り物だったってのかい」

「……ええ」

言っていることが少々おかしいが、うそをついているのか、なにかの理由でうまく説明できないでいるのかは判然としない。なにしろ十七歳の娘だ。話し方が要領を得ないのも仕方がない。

「ここへ来るのにおきせさんに聞いて来たんだろう。おきせさんは何て言ってたんだい」

「時次郎さんは、頼れる人だって……」

「ま、無理だね。いくら借り物でも、質屋から買った人には関わりがねえからな」

「でも……」

「おれは公事にくわしい。公事で迷ったり困ったりしているお人に、どうしたらいいか教えることはできる。だがな、質流れした品をとりもどしたいというだけなら、この話はそもそも公事にのらねえぜ。だからおれとしても言うことはない。わかるか？」

「ええ」

「だったらもう、帰んな」

時次郎は煙管《きせる》に煙草を詰めた。するとおふさは居住まいをただし、少し怒ったような口調で言った。

「いえ、公事のやり方、教えてください」

「あんたが訴えて出るってのかい」

「ええ」

「だから無理だって。公事にあげる前にまずは家主《いえぬし》さんに向こうの家主と話をしてもらわなきゃならねえが、質流れした品を取りもどすなんざ、そんな馬鹿な話ができるかと止められて終わりだよ。目安を出すところまでもいかねえ」

「……そうですか」

「帰んな」

一服つけた時次郎が鋭い声を出した。その声におふさははっとした表情を見せ、腰を浮かせた。

三

「おまえさん、行ってくるよ」

「ああ、とんと顔を出さねえですまねえと、よく言っといてくれ」

「男手なんざ、いたらかえって邪魔だよ。じゃあ」

おふさが帰ったあとで店を閉め、ふたり差し向かいで夕餉《ゆうげ》をすませてから、おみつは実家の公事宿、佐原屋へ向かった。

実家の長男、つまりおみつの甥《おい》にあたる長太郎が流行病《はやりやまい》で寝込んでいるので、見舞いがてらに薬を届けようというのだ。おみつには、看病で疲れている弟の嫁を少し助けようという思いもあるらしい。子のないおみつにとって、長太郎はかわいい甥なのである。

時次郎にとってもおみつの実家は大切だが、同時に昔の主家であり、その点で気詰まりな家でもある。昼間、用向きがあってたずねるならまだしも、夜分たずねるのは気が乗らなかった。

日が暮れると、行灯《あんどん》の明かりでは文字を読むのもつらい。ほかに楽しみもないので、暗くなると早々に寝つくことにしている。おみつは今晩、実家に泊まる。ひとり分の床をのべると、横になった。

表の戸が叩かれたのは、寝入ったあとだった。

決して激しい叩き方ではないが、しつこく叩いている。

寝床の中で、おかしいと思った。おみつなら裏口から静かに入ってくるはずだ。起きだして表の戸の前まで行った。

「どちらさまかね。もう閉めたんだが」

「夜分にすみません。昼間にうかがったふさです」

口調にどこか緊迫したものがあった。時次郎はすぐに潜《くぐ》り戸をあけた。

「おや、怪我をしてなさるのかい」

荒い息をしているおふさの手が赤黒く汚れている。血の臭いもする。

「夜道で襲われました。助けてくださいまし」

おふさは叫ぶような声を出した。

「襲われただぁ……」

「ええ。ご相談したことにかかわって」

時次郎はおどろいてしばし突っ立っていたが、すぐに気を取りなおし、潜り戸から頭を突き出して左右を見回すと同時に耳をすませた。暗がりの中だけにわかりにくいが、人の気配はない。

「ともかく入《へえ》んな。話はあとだ。手当てだけでもしよう。まず手足を洗いな」

行灯をつけた。ぼんやりとした光の中におふさの姿が浮かび上がる。夕方に見たとおりの姿だが、髪も着こなしも乱れている。

台所の土間へつれてゆき、盥《たらい》に水をくんで手足を洗わせた。そのあいだに時次郎は酒と晒布《さらしぬの》をもってきた。

「どれ、見せな」

手足を見ると、かすり傷ばかりだ。

「なんだ、大したことはねえな」

せっかくだからと傷口に酒を注いだが、あとは晒をわたして自分で押さえときな、とだけ言った。おふさは晒を手にして呆然としている。

「襲われたってのは、どういうことだい。その借り物の根付とやらは買ったやつの手にあるんだろうし、あんたが襲われるたあ、わけがわからねえ」

「ええ、それが……」

おふさは何か言おうとしていたが、ふっと口を閉じると、つぎの瞬間、時次郎の懐に飛び込んできた。

「こわい。こわいんです。助けてください！」

時次郎を抱きしめてはなさない。

「こらこら、そんなことをするんじゃねえ。餓鬼じゃああるめえし」

はなそうとしても、おふさはしがみついてくる。胸におふさのぬくもりが伝わってきた。髪の油の香りも鼻をくすぐる。

時次郎は苦笑いし、おふさの背中をやさしく撫でてやった。

「誰もここまでは追ってこねえよ。さ、はなしてくんな」

「お願いです。助けてください！」

「ああ、わかったわかった。さ、落ち着いて。わけを聞こうじゃねえか」

それでもおふさは離れようとしない。しばらく揉み合いになったが、おふさははなさない。あきれて時次郎も力を抜いた。じきに落ち着くだろうと思ったのだ。

しかし、何なのだろうか。他人からの借り物である根付を質流ししてしまった、というだけで襲われるとは、わけがわからない。何か隠しているのだろうが、十七歳の娘がさほど大きな事件に関わりがあるとも思えない。

おふさを抱きかかえて背中を撫でている格好のまま、時が過ぎていった。

「さ、もうよかろうに。顔をあげて」

いくら何でもこのまま夜明かしするわけにはいかない。おふさを引き離そうと肩に手をかけたときだった。

「何をしてるんだい！」

切り裂くような声が背後から投げつけられた。

どきりとした。ふり返るまでもなかった。おみつの声だ。

「おう、帰ったのかい」

時次郎はふり返らず、わざと明るい声を出した。思ったより早く看病がおわって、裏口から静かに入ってきたのだろう。

「ずいぶん大きな泥棒猫を家に入れたもんだね。離れな。ええ、汚らわしい！」

その声におふさが反応し、時次郎を突き飛ばすように一間《けん》ほど飛び下がった。

「ち、ちがうんです。そんなんじゃないんです」

おふさは手をふっている。

「そんなんじゃなきゃ、なんなんだい」

おみつは叫ぶ。

「あんたもあんただ。ちっとばかり見てくれがいいからって、こんな小娘に鼻の下伸ばすなんて、どういう了見だい」

「ちょっと待て。話を聞け」

「聞きたかない！　出ていけ、いますぐに出ていけ！」

おみつの剣幕に押されるように、おふさは後ずさる。

「いや、待て。おい、出ていくな。いま出たら危ない。おみつ、話を聞け。そんなんじゃないって」

おふさは小さく首をふっていたが、おみつに「出ていけ、泥棒猫！」と一喝されると顔をくしゃくしゃにし、土間から駆け出した。

「おい、出るな。いま話して聞かせるから。危ないぞ。行くな！」

時次郎は止めたが、おふさは潜り戸をあけると外へ出ていった。

「待て！」

時次郎は追いかけて外へ出たが、あたりは闇でおふさの姿も見えない。

「どうして追いかけるのさ。あんた、本気？」

おみつが潜り戸からのぞくようにして追い打ちをかける。時次郎はふり返って言った。

「そうじゃねえって言ってるだろう。ありゃ往来で襲われたって駆け込んできたんだ」

「へえ、手の込んだ芝居をしてまで近づきたいってのかい。そりゃ上出来だ」

「おめえなあ」

だんだんとおみつに腹が立ってきた。

「あいつはかわいそうなやつなんだ。そんなにおれの言うことが信じられねえのか」

「どこがかわいそうだい！　だいたいあんた、隙がありすぎだよ。ひとりでいる家に、若い女を上げるなんて」

「だから、おれが呼んだんじゃねえ。飛び込んできたって言ってるだろうが！」

「そんなの、すぐに帰しなさいよ！」

売り言葉に買い言葉で喧嘩になり、おみつは怒って実家へと去っていった。

四

「いなくなったぁ！」

時次郎は声をあげていた。

おふさの騒ぎがあった翌々日に、志摩屋のおきせが時次郎をたずねてきた。おふさが天竺屋へ行ってから長屋へ帰らず、行方知れずになっているという。

若い娘が二日間も行方知れずというのは、大ごとだ。

「知らねえ。おれは知らねえぞ。あいつにゃおれのほうが迷惑してるんだ。あんたこそ知ってるんじゃねえのか」

時次郎が何か知っているだろうと思ってたずねてきた、というおきせに答えたが、

「それがね、あたしもくわしいことは知らないのよ」

おきせはそう言って眉根に皺をよせた。

志摩屋のある牛込といえば、門前仲町から見ればお城をはさんで西側にある町だ。女の足でここまで来るには一刻《いっとき》はかかるだろう。わざわざやって来たのは、よほど心配だからに違いない。

「だっておめえ、あの娘はだな……」

時次郎はありのままを話したが、それでおふさの行方がわかるものではない。逆にここへ来るまでの事情をたずねたところ、おきせは根付を質流ししたとしか聞いていないようだった。

「そんなんでおれを紹介してくれたのかい」

つい語気が荒くなる。

「あら、ごめんなさい。迷惑だったかしら」

必ずしもおきせのせいとばかりは言えないが、ずいぶん迷惑をこうむっているのはまちがいない。

「ま、起きちまったことはしょうがねえけどよ」

あの夜以来、おみつは実家の佐原屋に帰ってひと部屋に閉じこもってしまい、時次郎が佐原屋へ行っても会おうとしない。

とんでもない誤解だと一部始終を話したので、佐原屋の者たちは一応はわかった顔をしてくれているが、さりとておみつを説き伏せる気もないようだ。夫婦のことだから、手を出さずにようすを見ようという態度だった。どうやらしばらくはひとり暮らしを強いられそうである。

その上に、おふさの失踪の責任まで問われそうな風向きになっている。まったく何の因果で、と言いたくなる。手相に女難の相でもでていたかと疑ってしまう。

こうなると、おみつの誤解を解くためにもおふさの件を始末しないといけない。しかし本人が消えてしまった以上、手がかりになるのはおきせの話だけということになる。

「まずは親戚に聞いてみろよ。そのつぎは知り合いだな。近所のおなじ年頃の娘たちが何か知ってるかもしれねえ」

「親戚と言ったって、あの娘は妾腹だったたって、知ってる？」

「いや、はじめて聞いた。そうなのか」

時次郎は目を見開いた。

「おっかさんが若いころ深川で芸者に出てて、そのあと旦那に囲われたらしいの。でも、どういうわけか知らないけど、おふさを産んだあと旦那と別れてひとりで育てて、半年くらい前に病で死んだのよ。あのおっかさんが生きていたら、またちがっただろうにねえ」

おふさの母親は常磐津の師匠だったというから、その昔に芸者をしていたというのもうなずける。

「おれにはそんなこと、話してくれなかったな。ただ根付を取り返したいって言っただけだ」

「そりゃ娘の身になってみれば、おとっつぁんはいないし、おっかさんが死んでしまえば、この世にたったひとりってことでしょ。用心深くもなるわねえ。身の上について余計なことは話したくないでしょ」

「へえ。そうかね。ま、ありそうな話だな」

似た話は、世間にいくらも転がっているだろう。

「で、どこのどなたかね、何もせずに妾と娘を放り出した気前のいいおとっつぁんは。ふつうは手切れにたんまりとお足をくれてやるだろうに」

「そこまでは知らないよ。そこまで突っ込んで聞けないわ」

だが妾を囲うくらいなら、お大尽に決まっている。大身《たいしん》の旗本か大店《おおだな》の主《あるじ》か、といったところだ。

「しかし、それでどうして襲われるんだ。根付を取りもどそうとしたからか？」

「さあ。根付の持ち主がそんなことをするとは思えないけど……。夜中にきれいな娘さんが歩いていたから、たまたま悪いやつに襲われたんじゃないの」

「いや、あの怯《おび》えようは、そうじゃねえと思うよ。根が深い話みたいだった」

「根が深いって……」

おきせは疑うような目になった。

「いや、おれにわけを話そうとしたんだが、そこにとんでもねえとんちきなやつが入ってきて、みんなぶちこわしちまった。あ、いや、それはいいんだが……」

時次郎が言いよどむと、おきせははじめて警戒の色を見せた。

「とにかくあの娘を見つけ出して、わけを聞かねえと」

気をとりなおして、時次郎はつづけた。おきせにまであやしまれてはかなわない。

「そうねえ。行方知れずってのは心配だねえ。おかしなことに巻き込まれてなきゃいいけど」

ふたりで話していてもはじまらない。とりあえずはおふさの家主に事情を話して、その次第では番屋にも届けてもらおうという話になった。

「家主さんに人別《にんべつ》を見てもらえば、おとっつぁんがわかるかもしれねえ」

「いやあ、妾腹じゃ、わからないでしょう」

「おれは家主さんには顔を出さねえよ。面倒になるからね。ああ、あの娘の行きそうなところ、たとえば親戚だとか仲のいい娘仲間だとか、わかりそうなら聞いといてもらえねえかな」

おきせが去ってから、時次郎は近くにある小間物屋にふらりと入った。根付を見るためである。

時次郎も根付はいくつか持っている。主に煙草入れを帯からぶら下げるためのものだが、買い値は百文くらいなもので、とても質屋が銭を貸してくれるようなものではない。

だが根付にもピンからキリまであって、職人が細かい細工をほどこしたものなど、三両、五両といった値がつくものもある。おふさが質入れした根付も、おそらくそうした見事なものなのだろう。

「なにかお探しで」

店の小僧が寄ってきた。

「いや、根付を見てるんだが、またにするよ」

せいぜい数百文の安物の根付ばかり見ていても、おふさが隠している事情は見えてきそうにない。時次郎は店を出た。

翌日は、一日じゅう天竺屋の店番をしていた。おみつが帰ってこないので店をあけるわけにもいかず、動けないのだ。

朝のうちに三能水《さんのうすい》がふた瓶売れて、昼ごろに金勢丸一包、そのあとは子供の虫下しをもとめて来たおかみさんに、小半刻もあれこれ説明して海人草《かいにんそう》を売った。

ふだん、店番はおみつにまかせることが多く、時次郎は薬のくわしい説明をもとめられたときに出てゆくくらいだっただけに、朝からやっているとけっこう気疲れする。

おみつは三度の飯の支度をしながら店番をこなしていたのだと思うと、あらためて頭の下がる思いがした。帰ってきたら少しは大切にしてやらなきゃあ、などと思う。

夕の七つ（午後四時）過ぎになって客足も途絶えた。やれやれと思って店の奥で「本《ほん》草綱目《ぞうこうもく》」を読んでいると、意外な一報が牛込のほうからやってきた。

「ああよかった。いなさった」

とおきせが天竺屋に顔を出したのだ。急ぎ足で来たのか、額に汗を浮かべている。

「どしたい。おふさが帰ってきたのかい」

騒ぐこともなかったじゃないかと思って時次郎が問うと、おきせは首をふった。

「そんなんだったら、あわてて来やしないよ。あのね」

昨夜、おふさの長屋が荒らされたのだという。

「今朝《けさ》、表の障子が少しあいてたんだって。昨夜《ゆうべ》遅くにもなにやら物音がしていたっていうから、おふささんが帰ってきたんだと思って、となりの人が声をかけたのよ。そしたら返事はないし、人の気配もないんで、あいてる隙間からちょっと中をのぞいて見たんだって。そしたら布団も桶も何もかもひっ散らかしてあるのが見えたんで、おかしいと思って家主さんに届けたの」

家主が中にはいってみると、奥の六畳間はもちろん、流しのある土間から、三尺幅の板の間の下まで、一面に物が散らかっており、それはひどいありさまだったという。

「つづらの中の物はぶちまけてあったし、薪《たきぎ》の束やら古紙をあつめてあったのまでばらばらにしてあったって。金目の物をさがしたんだろうね。言っちゃ悪いけど、あの子に金があるわけはないんだから、泥棒にしては智恵がないし、何だろうってみんな気味悪がってるのよ」

「家主さんに、根付のことは話したのかい」

「話したよ。でも関わりはないでしょ。根付をほしがっているのはあの子だからさ、誰かが根付を捜しに家に入るわけはないよ」

それはそのとおりだ。時次郎は首をひねった。

「何かなくなってたのかい。おっと、これはわからねえな」

「そうよ。ご本人でないとねえ」

おふさの身の上に何かが起こっているのはまちがいないが、これだけではわからない。

「ねえ、気味が悪いでしょ。あたしもなんだか背中が薄ら寒いよ。おふさちゃんも心配だし、早くなんとかしておくれよ」

「何とかって言われても……。困ったな」

時次郎としてもおふさに会ったのは二度だけで、しかも相談に乗ると承諾したわけでもない。迷惑なだけ、という気もしている。

「どうも悪いことが起こっているようだから、岡っ引きの親分に相談したほうがいいんじゃあないのかい。牛込界隈なら……」

「駄目よ。あの連中、銭を渡さなきゃ何もしないよ」

「おれだって、ただじゃあ動かないぜ」

「あんたはもう巻き込まれてるじゃないか。ひと肌脱いでおやりよ」

おきせは当然だという口ぶりだ。冗談ではないと思ったが、さりとておふさのことが片づかないとおみつも納得しないだろう。

「おう、そうだ。人別帳はどうだったい。おふさの父親はわからないか」

「それもね、家主さんにきいたけど、わからないって」

「そうか」

妾腹でも人別に父の名を書き込むことがないでもない。父の名がわかればまた事情も見えてくるかと思ったのだが。

「とにかく手がかりがないからな。おふさの行方を捜すにしても、何でもいいから手がかりがほしい。人別はどこから移したのかもわからねえかな」

引っ越しすれば人別帳も移さねばならないが、そのときには住んでいた町の名主から引っ越し先の町名主へ願書《ねがいしょ》が出される。家主はそれを見ているはずだ。

「あたしは願書は見てないけど、深川から越してきたって言ってたね」

「深川かあ。それだけじゃあな」

どうにもわからないことだらけである。

「ほうっておいても帰って来そうにねえな。ちと腰を入れて捜してみるか」

あまり気乗りはしなかったが、どうも乗りかけた船とおなじで途中で降りることはできないようだ。

「そうよ。捜しておくれよ。こっちでも当たってみるからさ」

おきせは心配そうに目を細めて言った。

五

行灯の明かりの中で、米助はかしこまっていた。座敷の上座には貞吉親分が、そしてその横に時次郎がいる。

「ってわけで、ぜひとも米助さんに調べてもらいてえんだ。引き受けちゃくれめえか」

天竺屋に頼み事にきた娘が行方知れずになった、数日待ったが家に帰って来ない。捜したいから米助の手を借りたい、と時次郎が貞吉に頼んでいる。貞吉は腕組みをしたまま言った。

「そりゃ時次郎さんの頼みだ。引き受けたいところだが、牛込はうちの縄張りじゃねえからな。むずかしいよ」

娘は牛込に住んでいると時次郎が言ったのだ。

「ああ、それはそうだな。でもそいつは心配ねえよ。調べてもらうのは牛込じゃないから。たぶん深川だ。深川から越してきたって話だったから」

まず牛込へ行って娘の家主から引っ越してくる以前の住まいを聞き出し、そこへ調べに行くことになるだろう、と時次郎は言う。

「深川なら近所だから、おれが調べればいいようなもんだが、そういうのは得手じゃなくてね」

なにやら言い訳じみたことを言うのは、時次郎にしては珍しい。何かあるのかとちらと気になったが、口は閉じておいた。

「ほかにも調べるところが出てくるかもしれねえが、そいつはどこかわからねえ。牛込にも手を貸してくれる人がいるから、その人におれが一筆書く。まかせておけば家主さんに紹介してくれるはずだ」

貞吉親分がうなずいた。

「深川なら、知らねえ土地でもねえ。米助、できるか」

「へえ」

米助は顎を引いた。貞吉親分の言いたいことはわかっている。断る理由はない。

「じゃあ決まりだ。あとはふたりで塩梅《あんばい》よくやってくれ」

貞吉親分はぽんとひとつ手を打って、話を終わらせた。

――おかしな成り行きにならなきゃいいけど。

長屋へ帰る道々、米助は心配していた。

なんでもないような人捜しだが、拐《かどわ》かしやら脅しやら、少しでも法度に触れるような話がからんでいると、石橋の旦那にも伝えなければならなくなる。そうなった場合の旦那の出方が読めない。

しょっ引くのか、ほうっておくのか。

時次郎の身の上を心配してやる必要はないのだが、自分の密告でお縄になったりした日には、しばらく寝覚めが悪くなりそうだ。

気がかりを抱えながらも、翌日、時次郎の書いた書状をもって、米助は牛込の志摩屋をたずねた。

「おやおや、ご丁寧にどうも。天竺屋さんの使いなら、大歓迎ですよ。じゃあ、さっそく聞き回ってみましょ」

おきせの年回りは四十前後といったところだろうか。太り肉《じし》のおかみさんで、はきはきと物をいう女だった。

おきせとふたりでおふさの住んでいた長屋をたずね、家主からおふさの娘仲間を聞き出した。

「ほう、そりゃあ悪いね。なにせ店子のことだ。本当は家主のこちらが面倒をみなきゃいけねえんだが、捜してくれるなら大助かりだ」

と吉兵衛という家主は、どこまで事情を知っているのかわからないが、ずいぶんと乗り気だった。

家主と三人でおふさの家の両隣と向こう三軒を回り、おふさと仲がよかったという娘の名を三人、聞き出した。

ひとりは日本橋近くの商家に奉公に出ており、もうひとりは品川のほうへ嫁に行ったという。ひとりだけ町内に残っていた娘は幼なじみの指物師《さしものし》と所帯を持ち、近くの裏店に住んでいた。

その長屋をたずねると、赤ん坊の泣き声が聞こえてきた。おふさとおなじく十六、七歳だろうから、赤ん坊がいても不思議ではない。

「ごめんよ。いまいいかね。ちょいと尋ねたいが、おふささんのことだ」

家主が話しかける。あらましを語っておふさの居所をきく。手慣れたものである。

「あれまあ、そんなことになっていたの」

と若いかみさんはおどろいた顔をした。おふさの家が荒らされたと、ちらりとうわさは聞いたが、くわしくは知らなかったと言う。

「おふさが頼って行きそうなところ、心当たりはないかね。いっしょに遊んだ娘仲間が嫁入りした先に転がり込んでるんじゃねえかって考えてるんだが」

と家主が心配そうにたずねる。

「そうねえ。あたしたちの仲間が縁づいた先っていうと……」

聞けば品川へ嫁に行った娘のほかに、両国に駒込《こまごめ》とけっこうあちこちに嫁いでいる。

「その中でおふさと仲がよかったのは、誰かね」

「うーん、そうねえ」

赤ん坊をあやしながら考えて、おふさとよく遊んでいたという娘の嫁ぎ先を三つあげてくれた。米助はそれをあわてて書きとった。

「りょうごく、もとまち……」

両国元町の久助店《きゅうすけだな》、おしず。駒込片町《かたまち》の仁兵衛店《にへえだな》、おくに。浅草俵屋町《たわらやちょう》の仙八店《せんぱちだな》、おはつの三人だ。

礼を言って長屋から出た。

「それと、ここへ越してくる前の家を教えてもらえませんか」

と家主に頼むと、じゃあ名主さんのところへと言われて、三人いっしょに少々離れた表店まで歩いた。さすがに名主だけあって屋敷には立派な玄関がある。その脇の八畳間が町の仕事をする部屋らしい。その一室に上がり込んだ。

町名主は源左衛門といって、六十過ぎと思われる老人だった。家主が断りを入れると、おふさのことは耳にはいっていたとみえて、

「あ、あ、それなら頼みますよ」

と軽く許してくれた。

家主が慣れた手つきで書架にあった帳面をめくり、おふさの母親が人別帳をこの町へ移した際の願書を探しだした。

「深川の松井町《まついちょう》……。ふうん。お船蔵《ふなぐら》の近くだね」

深川なら土地勘がある。松井町は、わりと大きな家が多いところだ。

米助は礼を言って牛込をあとにした。
二、三日は自分の仕事に追われ、おふさ捜しには手をつけられなかった。曇り空の一日、ようやく手が空いたので、まずは近場の浅草と両国からたずねることにした。
浅草俵屋町におはつをたずねたが、長屋は探し当てたもののおはつは留守で、収穫はなかった。ここは後回し、と決めた。

浅草から両国へはひと足延ばすだけだ。浅草橋を渡って広小路に出た。火除け地としてたっぷりと場所をとってある橋のたもとには、よしず張りの出店がいっぱい軒を並べていた。

今日は回向院の相撲興行《すもうこうぎょう》もご開帳もないはずなのに、相変わらず人が多い。田舎の在から出てきたおのぼりさんも多いとみえて、店を冷やかしながらぶらぶらと歩いている。

広小路を通りぬけ、九十六間あるという両国橋を渡った。

大川には白帆をいっぱいに張った船が何艘《そう》も浮かんでいる。川向こうの地には緑が多い。家々もゆったりと建っている感じだ。

元町は両国橋のすぐ近くにあって、回向院にも接している。両国橋の両端は江戸で一番といわれるほど人出の多いところだから、どの店も客が入って忙しそうだ。

ぐるりと見て回った。

表店は小間物屋や薬屋、唐物屋などだが、さすがに豪華な造りになっている。

おしずという娘は、この近くの商家に勤める通い番頭に嫁いだとの話だった。

裏店へ通ずる路地へ入る。表店が繁華でも、裏店はどこもおなじように饐えたどぶの臭いがただよっている。

「ちょいとごめんよ。おしずさんって、ここに住んでるかな」

久助店を探し当て、井戸端でおしゃべりしていたおかみさん連中にたずねると、互いに不審そうな顔で目配せをする。実家のある牛込の家主に紹介されて来たというと、やっと警戒を解いて家を教えてくれた。やはり九尺二間の棟割長屋だ。

おしずは家で裁縫をしていた。わけを言って近ごろおふさを見なかったかとたずねた。

「まあ、そんなことに……」

おしずはおおいにおどろいたようだ。

「いなくなったと言われても……。こっちには来ていないわよ。嫁入りしてから見ていないし」

腰高障子《こしだかしょうじ》をあけて出てきたときのあどけない顔で、ここにおふさはいないとわかっていたが、それでも一応、行きそうな先をたずねた。しかし若いかみさんは首をふるばかりで、得たものはなかった。

聞き込みで手応えのないのには慣れている。一軒目で手がかりがつかめたら、それは途方もない僥倖《ぎょうこう》だ。ていねいに礼を言って久助店を離れた。

――つぎは深川松井町か。

おふさの生まれた家はここからさほど離れてはいない。大川を横目に見ながら歩く。松井町は大川にそそぐ竪川《たてかわ》にそって東西にのびている町で、表店には茶屋や料理屋が目立つ。

おふさがこの町にいたのは、どうやら四、五歳くらいまでのようだから、この町に知り合いが多いとは思えない。だが人は寂しくなったとき、生まれ故郷を思い出すものではなかろうか。この町に来るのは十分に考えられることだと思う。

教えられた住所は、長屋ではなかった。どうやらここでおふさと母親は、一軒家に住んでいたらしい。

一軒家に妾を囲うとは、よほどの金持ちでなければできないことだ。そんな旦那をもっていて、どうしておふさの母親は裏店へ引っ越してきたのか。

もしかして今度のおふさの失踪も、そのあたりにわけがあるのか。

考えながら歩くうちに、その家に突き当たった。黒塀越しに松の木が見える立派な屋敷だ。

少々興を醒《さ》まされた感じがして、ちらちらと見ながら通りすぎた。縁側の戸があいているから、人がいるようだ。二度ばかり家の前を通りすぎてから、塀の中へ入った。

「客かい。まだやってないぜ。夕方に来てくんな」

声をかけようとしたところ、横合いから男が出てきてそう言った。

「いや……。ちょっと昔のことをたずねようと思って」

「昔のこと？」

男は疑わしそうな目で見つめてくる。はっとした。いかにも崩れた感じの男が昼間から番をしている屋敷、夕方からはじまる商売……。

「何をききてえんだ。昔のことなんざ、知らねえぜ」

「ああ、わかった。そうだな。他をあたるとしよう。邪魔したな」

笑いに誤魔化して、その場から立ち去った。

――ありゃ賭場だ。

下っ引きとしての経験から、臭いでわかる。妾宅《しょうたく》がいつの間にか転売されて賭場になっているようだ。

おふさの母親が住んでいたころから十年以上たっているから、変わっていたとしても不思議ではない。下手《へた》にからまれて面倒にならないよう、足早に松井町をあとにした。

――今日はこんなところか。

せっかく深川まで来たのだからと、門前仲町まで足を延ばし、天竺屋をたずねた。店はあいていて、時次郎は暇そうに店番をしていた。

おふさの娘仲間は何も知らなかったこと、生家はどうやら賭場になっていることを手短に告げ、

「てなわけで、得たものはなしでさ。まだ娘仲間はいるけど、もう少し手を広げたほうがいいかも知れませんぜ」

と締めくくると、時次郎は小さくうなずきながら聞いていたが、

「わかった。つづけてくれ」

と言ったきりだった。ただ、二朱金を一枚、駄賃としてくれた。

「こりゃどうも。じゃ、また明日にでも」

と手刀を切って受けとり、天竺屋を出た。

——しかし、娘ひとりを捜してなんの得があるのかね。

話のようすでは、おふさが見つかったとしても時次郎がもうかるとは思えない。持出しで人捜しとは、何か裏があるのだろうか。

賭場のこともふくめ、どこまで貞吉親分に告げたものかと考えつつ、米助は自分の家へと足を向けた。

六

その夜、店を閉めてから時次郎は佐原屋に向かった。いまだに帰ってこないおみつを迎えに行ったのである。

公事宿ではどこでも、朝夕とも泊まり客を台所近くの広間に並べて飯を食わせる。佐原屋でも客はみな夕方六つ（午後六時）に一階大広間でお膳を前にし、いっせいに箸をとる。手代や小僧たちが食べるのはそのあとだが、遅い者でもだいたい五つ（午後八時）には食い終わっているので、時次郎はそのころを見はからって裏口からはいった。

「おや、兄い、ご苦労さんで。あ、こちらのほうで？」

廊下で出会った下代《げだい》の兵助《ひょうすけ》が小指を立てた。

「まあ、そういうことだ。いるかい」

なるべく目立たぬようにと思っていただけに、時次郎は少々ばつの悪い思いをした。

「そりゃいますけど。旦那に断ってからのほうが」

「そうだな。いるかい」

やはり義弟に挨拶しなければならないようだ。しぶしぶと一階の仕事部屋に向かった。

八畳間で机に向かってなにやら書きものをしていた義弟に小声で挨拶し、頭を下げると、義弟がひょいと顔をあげた。

形のいい鼻といい、ほっそりした顔の輪郭といい、おみつにどことなく似ている。

「おや、義兄《にい》さん、こんばんは。もう飯は食ったかい」

まだなら宿の飯を食べていけという。

公事宿の夕飯は飯と汁、煮染《にし》めの皿に焼き魚、とだいたい決まっている。今晩は切干しの煮付けと鰊《にしん》の塩引きだそうだ。おみつがいなくて飯にも不自由しているだろうとの心遣いらしいが、時次郎は笑っていなした。

「いや、すませてきた。で、うちのやつ、迷惑かけててすみませんね」

「ああ、姉さんね。まあ夫婦のことだからさ、うまく仲直りしてもらえりゃ、いいんだけどね」

なかなかできた義弟だ。だが姉のほうは手のつけようのない頑固さだった。部屋に案内されて顔を出すと、

「なにさ、こんなところまで押しかけてきて」

おみつは険しい声を出した。

「こんなところはないだろうぜ。そう遠いわけでもねえし」

やれやれと思いつつ、時次郎はなだめに回る。

「迎えに来たぜ。さ、帰ろう。いつまでも世話になっちゃあ、迷惑だろうに」

「えい、馬鹿なこと言っちゃいけないよ。納得いくまで帰らないよ」

「なにが納得だ。おめえの思い違いだって言ってるだろ」

「思い違いなもんか。あたしはこの目で見たんだからね。小娘といちゃついて。十七だって？　へん、こちとら大年増で悪かったね」

「だからそうじゃねえって。おふさとは何もなかったって。ありゃあ道で襲われて、怖がって助けを求めてきただけだ。おれは傷を手当てしてやってたんだって」

「傷の手当てをするのに抱き合うってのは、どういうわけだい。そんな手当ての仕方、見たことも聞いたこともないね」

どうにも話にならない。

「いいか、よく聞け。あの娘はな、おっかさんとふたり暮らしだったんだが、近ごろおっかさんを亡くしてな、ひとりぼっちになったかわいそうな身の上なんだ。少しは腕を貸してやろうと思うじゃねえか」

「だからどうしたんだい。さびしけりゃ、人の旦那に抱きついてもいいってのかい。大まちがいだよ」

「いや、だから抱きついたってのは、そういうんじゃないって」

「だいたい、出入師なんかやってるからいけないんだよ。危なくって、いつもはらはらしてるんだから。いつお奉行所から呼び出しがあるか、知れたもんじゃない」

「おいおい、話がちがうだろう。そんな話をしに来たんじゃねえぞ」

「なによ。出入師をやってなきゃ、あんな小娘、うちに来なかったでしょうに」

「おまえな、少し落ち着いて考えろ。うちがやっていけるのは、おれが公事の相談にのっているからだろうが。あれをやめたら食っていけねえぞ」

「薬屋だけで食っていけるよ。あんたが変な薬種や本を買ってこなきゃ。それに長崎へ行きたいなんて、変なのぞみを捨てりゃね」

　時次郎は答えに詰まった。おみつはさらに言葉を継ぐ。

「ふつうに暮らしていこうよ。商売に精を出してさ、たまには芝居や見世物を見に行って、おいしいものを食べてさ」

「べつにいまの暮らしが変だとは思わねえが」

「十分に変だよ。売り物にならない薬種をいっぱい仕入れたり、お上に知られたら危ない相談に乗ったり。まともな渡世じゃないよ」

　あたっているところもあるので、時次郎は沈黙するしかない。するとおみつはここぞとばかりに声を張りあげた。

「だからさ、子供がいないからいけないんだよ。子供がいれば、あんたももっとしゃんとするのに」

「おれはしゃんとしてねえのか」

そうまで言われてはだまっていられない。

「勝手にしろい。もう知らねえ」

最後はまた言い争いになり、怒って佐原屋を出てきた。

——おれが何をしたというんだ。

腹が立って仕方がなかった。悪いことなど小指の先ほどもしていないのに、どうして頭を下げてまで迎えに来なきゃならないのか。納得がいかないのはこちらだ。

だがおみつの思いは別のところにあるようだ。旦那と子供といっしょに安穏に暮らしたいと、それだけがのぞみなのだろう。

おみつがあれほど子供をほしがる理由は、正直なところよくわからない。女というのは男より子供好きなのかとも思うが、それだけではなさそうだ。多分、おみつは寂しがり屋なのだろう。子供や旦那に囲まれ、にぎやかに暮らしたいと思っているのだ。

おみつの幼いころのことはよく知っている。佐原屋は宿屋として忙しかったから、おみつは親にあまりかまわれないで育った。奉公人たちに育てられたようなものだった。そうしたことも、子供をもってにぎやかな家にしたいと思う気持ちを後押ししているかもしれない。

そういう点では、悪い旦那だなという自覚はある。自分のやりたいことのために、おみつの夢を踏みにじっている、とまではいかずとも、あえて目をつぶっている。

思えば、いまの暮らしも信じられないほどの幸運の上に成り立っている。

奉公先の娘であるおみつと許されぬ仲になり、思いあまって駆け落ちをした後、ふたりであちこちをさまよった。駆け落ち者をやとってくれるようなお店《たな》はどこにもなく、橋の下で寝たり、食うために鉄火場の走り使いのようなことまでした。

そのうちに先代が亡くなり、おみつと仲のよかった弟が佐原屋の跡を継いだ。そのためふたりは所帯を持つことを許された上、遺産分けとしてもらった金で薬屋を一軒、買ったのである。

もともと本草学に興味を持っていた時次郎は、薬草の知識もあったので、薬屋商売にもすぐになじみ、いまでは薬屋のおやじとして世を渡っている。

それだけの経緯《いきさつ》があるだけに、おみつのいない人生は考えられない。

大きくため息をついて、時次郎は夜道を歩いた。

七

それから二、三日、米助は顔を出さなかった。おみつもへそを曲げたまま実家に居着いてしまい、天竺屋で店番をする時次郎の身にも何も進展がなかった。

ひとり身でいると、いろいろな考えが浮かんでは消えてゆく。

──いっそ店をたたんで、長崎へ行っちまおうか。

いや、たたむもなにも、この店はおみつの親の遺産で買ったのだから、おみつのものだ。きれいに掃除して、書いたものを残しておけばいい。

いや、それも身勝手にすぎる。せめて顔を合わせて言い渡してから、消えるべきだろう。ああ、そうなると三行半《みくだりはん》を書くことになるのだろうか。

おみつのいない暮らしか。これから死ぬまで、おみつがそばにいない……。

考えれば考えるほど気持ちが暗くなってゆく。こうなると客が少ないのは二重に苦痛だった。客がくれば、薬草の知識などを披露して時間を潰せるのに……。

あまりに客が来ないと、店を閉めたいとの思いに駆られてしまう。自分の気持ちを抑えるのに苦労した。

救いの神は、昼どきに牛込からやってきた。

残り飯に湯をかけて食べていると、おきせの店の小僧がきたのだ。

大変なことがわかったから大急ぎで来てくれ、との言伝《ことづて》をもっていた。

「おふさが見つかったのか」

勢い込んで十二、三歳と見える小僧にきくと、

「いえ。でも大変なことだって」

としか言わない。くわしくは知らされていないようだ。伝言で伝えられないところが、

重大さを物語っている。

「わかった。店をしまったらすぐに行く」

と小僧に返事をして、九つ（正午）過ぎには店を閉めて牛込に向かった。

――おふさが骸《むくろ》で見つかったか。

どうしても悪いほうへと考えてしまう。

あせる心が足を速める。九つ半（午後一時）過ぎには志摩屋に着いていた。店に顔を見せると、おきせは挨拶もすっ飛ばして、

「今朝、源左衛門さんのところから呼び出しがあってさ、ああ、源左衛門さんはこっちの町名主でね、何だろうと思って家主の吉兵衛さんといっしょに行くと、知らない人が三人も来ててね、おふささんのことだって。てっきり何か悪いことでもあったのかと思ってどきんとしたのよ」

と勢い込んで言う。やはりおきせもおふさが骸で見つけられたかと思ったらしい。

「ところがね、おふさちゃんが行方知れずだっていうと三人は仰天してね、それではこちらの役目が果たせないって言いだして……」

「役目？　どういうことだ」

「書置があるんだって」

「書置？」

「おふさちゃんのおとっつぁんのだよ。ほれ、あの子は妾腹だって言ってたでしょ。おとっつぁん、やっぱり大店の主でね、けっこうな遺産を残してたのよ」

「へええ」

遺産。そんな裏があったのか。

「で、三人はおとっつぁんの五人組の人でさ」

それ以上は聞かずとも想像がついた。

書置は譲状《ゆずりじょう》ともいって、自分の死後に財産をどう分けるか書き残すものだが、取り扱い方は厳密に決まっている。自分で書き、印形《いんぎょう》を捺し、さらに五人組と町役人に印を捺してもらい、町名主に預けておく。それを本人の死後、親族と五人組立ち合いのもとで開くのである。

そして書置に印形を捺した五人組と町役人は、その書置をもとに遺産を調べ、書置に名前が出ている者に引き渡すところまで面倒をみなければならなかった。

おふさをたずねてきた三人は、忠実に自分の役目を果たそうとしているのだ。

「百ヶ日までには遺産を整理してけりをつけたいんだって。なのにあの子が行方知れずになって、困ってるのよ」

「それ、おふさは知ってたのかい」

時次郎はたずねた。

「ああ、四十九日に書置を開いたすぐあとに伝えたって言ってたよ」

「遺産ってのは、どんなだい」

「深川の家一軒と、金三十両だって。ずいぶんお大尽の家なんだねえ」

「家一軒か」

気前のいい話もあるものだと、おどろいてしまう。

「一軒っていうからには長屋じゃあないでしょ。あの子、家持ちなんだね」

十七歳の娘の身で家持ちか。深川の家ということは、おふさの生家なのだろうか。

「でも、むずかしいのよ」

「むずかしいとは？」

「なにしろあの子は離れて暮らしているでしょ。だから遺産をもらうには印形がいるんだって。それがないと娘と認めないって」

「印形？」

「ちゃんと書置に印形を捺した紙がついてるんだって。それとおなじ印形を示さないと、遺産はもらえないのよ。その印形ってのは、どうやら死んだおとっつぁんが、あの子のおっかさんに別れ際に渡したらしいよ。父子の証《あかし》にって」

「……まあ、ありそうな話だな」

「でもそれをあの子、知らなかったらしくって、おどろいてたって。印形も在りかがわからなくて、探さないといけないらしいよ。おっかさんが生きてれば、なんてことはないんだろうにね」

「へえ。間が悪いこともあるもんだな」

「でしょう。それで、五人組の衆には少し待ってくれって言ったんだって」

「まあ……、仕方なかろうな」

「それとさ、はっきりとは言わなかったけど、あの子の兄にあたる本妻のせがれってのが、どうも品行がよろしくないんだって。悪い仲間とつるんで遊び回ってるようなやつらしいよ」

「へっ、金持ちの極道息子か」

「ねえ、もしかしたらあの子が襲われたの、そいつの仕業かねえ」

「かもしれねえな」

「家を荒らしたのも……」

「ああ」

「おっかないねえ」

おきせは渋面をつくった。時次郎も大きく息を吐いた。

「ねえ、あの子、何してんだろ。まさか、そいつらの手にかけられたってことは……」

「待て。おふさのおとっつぁんってのは、大店の旦那なのかい」

「万代屋《ばんだいや》って生糸問屋だって。老舗《しにせ》でね、おとっつぁんは七代目とか言ってたよ」

おきせの言葉を聞いて、頭の中で閃《ひらめ》くものがあった。

「そういうことか……。ちょっと待ってくれ」

時次郎は腕組みをして考え込んだ。やがて顔をあげると、おきせにたずねた。

「で、百ヶ日まであと何日だって？」

「あと十日もないね。四十九日に書置を開いたっていうからね」

「ふうん。そりゃ、あせるはずだな」

時次郎は大きくうなずいた。

「それで見えてきたぜ」

「なにが？」

「おふさの居場所さ。いや、どこにいるかはわからないが、姿を見せるところはわかった」

「本当かい。姿を見せるって、幽霊じゃあるまいし」

「いや、まだわからねえが。生きているんなら、きっとおれが考えたようにしてるさ。たぶん近くにいるね。近くでなくとも、そう遠くのはずはねえ」

「近くにいるって……。じゃ、なんで家に帰らないのさ」

おきせが不思議そうな顔をする。

「まあ、そりゃあとで話すよ。おれたちゃずいぶんと無駄なことをしちまったな……。ところで、あんたから見ておふさは、どんな娘さんかね」

「どんなといっても……。そうねえ。ああ見えてけっこう気が強いね。ここの水仕事でも、下働きの婆さんに負けていなかったからね」

「そうだろうな。美人ってのは、油断がならねえ」

おみつを思い浮かべ、苦笑いしながら時次郎は言った。

「で、どこにいるのさ」

おきせの問いにはまともに答えず、逆に訊き返した。

「ああ、あの娘が取り返したいって言ってた根付、質屋から買った人がわかるかい」

「いや、あたしは知らないよ。でも通ってた質屋は知ってるけど。町内じゃあ、あそこしかないからね」

「じゃあ、そこできくしかないか」

「教えてくれるかねえ。お客さんのことだし」

「町名主さんにわけを話せば、力を貸してくれるさ。人ひとりが行方知れずになってるんだから、質屋だって嫌とは言わねえだろ」

「でも、いま根付どころの話じゃないでしょ。あの子に必要なのは根付じゃなくて印形だし。とにかくあの子を捜さないと」

「だからさ」

時次郎は力を込めて言った。

「おふさを捜すためだって。おれの見込みが正しけりゃ、そこに行ってるはずだ」

まずは急げと、おきせを急《せ》かして家主に同行してもらい、質屋に行った。

最初は迷惑がられたが、家主が、ことは人の生き死ににかかわるから、必要とあれば町名主にも話すと粘ったので、なんとか根付を買った人を教えてもらえた。意外に遠くて、赤坂新町《あかさかしんまち》の住人だという。土佐屋《とさや》という呉服屋の主らしい。

「いまから行くのかい」

ここから赤坂となると、半刻はかかる。もう八つ半（午後三時）過ぎである。

「ああ、着けば七つ過ぎか。いい頃合いかもしれねえ。急ごう」

おきせと家主をひっぱるようにして、赤坂へ向かった。弁慶堀《べんけいぼり》にそって歩き、右手に紀伊《きい》さまのお屋敷を見ながら坂を下る。空では高々と盛り上がった入道雲に西日があたり、薄い黄色に染まっていた。

「でも、話をしてもいいのかねえ、あたしらが」

とおきせが言うのは、道々、時次郎がおふさが根付を買いもどしたがる理由――いまのところ、時次郎の当て推量にすぎないが――を話したからだ。

「とにかく店に行ってからだ。そこで考えても遅くねえ」

時次郎はそう言ってふたりを急がせた。

赤坂新町は、武家屋敷と溜池《ためいけ》に囲まれるようにして細く延びている町だった。小さな店が多い中で、買い主の呉服屋を見つけるのはそうむずかしくなかった。

「あれか」

「あっ」

時次郎が屋根にあがっている看板に土佐屋という字を見つけたとほとんど同時に、おきせが声をあげた。

「あれ、おふさちゃんじゃないかい」

土佐屋の広い間口の隅に、じっと立っている娘は、おふさに違いなかった。おきせが飛んでいくと、おふさは気づいて、目を見開いて小さな叫び声をあげた。

八

五日後――

米助は貞吉親分に、時次郎から頼まれた仕事の顚末を語っていた。

「それでおふさとやらを捜すのをやめて、万代屋をさぐったのかい」

「へえ。おふさは見つかったから、万代屋の内情はどうか、調べてくれって時次郎さんから言われたんでね。で、調べてみるとこいつが評判悪くて」

生糸問屋は国内の生糸産地からの品をあつかうところと、明国のものをあつかう店だった。明国産《みんこく》の糸をあつかう問屋

とがあるが、万代屋は昔から明国のものをあつかう店だった。

ところが明国産は品物はいいが値が張るので、いまの御時世ではなかなか売れ行きが伸びず、苦しいのだそうだ。

「まあ老舗なので客先も多くて、そう簡単にゃ倒れねえでしょうが、でも金詰まりで左前になってるって話でしてね」

先代の主人——おふさの父親だ——が廓遊《くるわあそ》びやら妾をもったりして金遣いが荒かったのも響いているらしい。妾だったおふさの母親に手切れ金を渡して別れたのも、見かねた親戚衆から意見されてのことのようだった。

「そのあとは商売にも身を入れたらしいですけどね、若いころに飲みすぎたせいか中風で倒れちまって。一度はよくなったものの、二、三年前にまた倒れて、それからは寝たきりだったそうで。それで代替わりしたから財布の紐をきゅっと締める、って話になればまあ、先も明るいんでしょう。ところがいまの主人は、先代に輪をかけて遊び人だって話でしてね。廓遊びはもちろん、賭け事も好きだって」

「廓遊びならまだいいが、賭け事となると御法度じゃねえか」

貞吉親分は顔をしかめた。

「へえ、さようで。しかもその賭け事ってのを、おふさに渡されるはずの深川の家でやっていたようで」

「おいおい、先代はそれを知らなかったのかい」

「この二、三年、先代は左半身が動かずに寝てましてね、家業は番頭と倅《せがれ》にまかせていたもんだから、知らなかったんでしょう」

「そんなものをもらっても、おふさとやらも迷惑だろうに」

「ええ。でもその前に、万代屋のほうで渡したくないっていうか、渡しちゃまずいと思ったんでしょうね。もう賭場になっているから危ない筋の人間も入り込んでいるし、いきなり閉めるわけにもいかねえでしょう」

だから深川の家がおふさに譲られるという書置の内容を知った万代屋の倅は、あせっただろう。だが書置の内容は変えられないし、それを実行するのは五人組と町役人で、自分では手が下せない。

「それで、おふさを襲ったのか」

「たぶん、そうでしょう。おふささえいなくなりゃ、深川の家を渡すことはありませんからね」

「長屋が夜中に荒らされたのも、万代屋の仕業かい」

「わかりませんがね、おふさに印形がなければ家も金も渡さなくてすみますんで、盗み出そうとしたんでしょうね」

ずいぶんあこぎなやつらだな、と貞吉親分は憤慨している。

「で、しょっ引くのか」

「いやあ、それは……。証拠もないでしょうし、むずかしそうで」

「そうだな。で、印形ってのはどうなったんだ。おふさは印形を持ってたのかい」

米助はにやりと笑った。

「さあて、そいつが一番、始末が悪いんで。ま、今回の騒動も、元をたどればその印形のあるなしなんでしょうね」

「始末が悪い？　どういうことだ。おい、もったいをつけてねえで教えろ」

「いや、もったいをつけるなんて……。正直な話、いまはないんですよ、おふさの手には」

「それじゃあ話にならねえ。どうしようもねえじゃねえか。お上に訴えたって、印形がねえんじゃあ取りあげてもらえねえだろうよ」

「まあ、そこが時次郎さんの腕の見せ所なんでしょうね。まあお手並み拝見ってところで」

と言って米助はひと息ついた。

「腕の見せ所か……。世の中にゃいろんな腕があるもんだな」

貞吉親分は首をひねった。

「ところで、天竺屋の見張り、当分やらせてもらえますかね」

米助は言った。

「ん？　そりゃかまわねえが、どしたい」

「いやね、時次郎さんを見張ってると、こちらにまで福が回ってきそうな気がするんですよ」

これを聞いた貞吉親分は噴き出した。

「勝手にしろ。ま、今日聞いたことは石橋の旦那に言うこともなさそうだな。その、おふさって娘にかかわる頼みなら、また聞いてやれ。いいことじゃねえか」

九

その夕方、時次郎は天竺屋の奥の間でおみつと酒を飲んでいた。

「で、根付は取り返せそうなの」

「ああ、町名主さんがむこうの町名主さんに話をしたから、買ったやつも折れてきてな。もっとも、それなりに金をはずむことになるが」

「よかったじゃない」

「ああ、相手ががりがりの強突張《ごうつくば》りでなくて幸いだった」

「でもおまえさん」

おみつは時次郎を透かし見るようにして訊いた。

「すぐにわかったのかい」

「なにが？」

「根付が印形になってるってこと」

時次郎はゆっくりと首をふった。

「いや、はじめのうちは見当もつかなかった。なにせ借り物だってウソをつかれていたからな」

おふさが質流しした根付は、古銅印《こどういん》（糸印《いといん》）と称される形のものだった。

「わかったのは、万代屋が生糸問屋だって聞いたときだな」

古銅印はその昔、明国から生糸を買い入れたときに、日本側での受領印として使われたものらしい。

「いまは印形を根付にしてるやつなんていねえが、その昔、根付の初めは古銅印だったって聞いたのを思い出したのさ」

高さは一寸から一寸五分、青銅製で重さは一、二匁《もんめ》ほど。必ず綬《じゅ》を通す穴があいているから、紐をつけて使うのにもぴったりで、昔から根付に流用されていた。だから根付ではあるものの、もとは印形なのである。

「昔から生糸問屋を営んでいる万代屋に、古銅印がひとつやふたつ転がっていても、ちっともおかしくねえだろ」

「へえ。あんたは物知りだとわかってたけど、そんなことまで知ってたのかい」

おみつは、あきれたという顔をした。時次郎はなんでもないといった顔でつづける。

「おふさはおっかさんが病気になったとき、金に困って何も知らずに質入れしたんだろうな。金になりそうで、しかも使い道のないものだからね」

なにせ古いもの——二百年ほど前の太閤《たいこう》さまのころに朱印船《しゅいんせん》が使ったとか、それ以上に古いともいわれている——だし、持ち手のところが干支《えと》などの動物や布袋《ほてい》さまなどの彫刻になっており、風格もある。根付としてでなく、あつめては眺めて悦に入る好事家《こうずか》も多い。だからけっこうな値で取引されていて、質草としても好適だった。

「ところがそいつを質流ししたあと、突然に遺産分けの話がきた。そして質流ししたばかりの根付が要るとわかって、びっくりしたんだろう。あわてて取り返そうとしたが、うまくいかねえ。思いあまっておきせに相談したんだ」

「でも、なんでみんな正直に話さなかったのかねえ。はじめから遺産分けに要るって言えば、みんなも振りまわされずにすんだのに」

おみつも酒を飲みながら言う。

「さあ、そいつがかわいそうなところさ。なにせ十七歳だからな。おめえだって十七歳でおとうもおっかあも死んでひとりぼっちになって、しかも親戚からも邪険にされたらどう思う。誰も信じられねえって思わねえか」

「そうねえ、まあ、そうかもね」

「たぶんあの根付に大きな金がかかっていると話せば、みんなその金をねらって近寄ってきて、しまいには奪われてしまうと思ったんだろう。だからみんな話さずに、借り物ってことにしたんだろうな」

「かわいそうねえ」

「ああ、かわいそうだが、性根も据わっているよな。だからおれも手を貸したのさ」

「でも、ちと貸しすぎじゃないの」

「まだ疑ってんのかよ。おめえは勘ぐりすぎだって。おふさは本当に襲われたんだぜ」

「へん。どうだかね」

「まあ聞け。あの夜は帰りに川沿いに歩いて、鎌倉河岸《かまくらがし》を通り抜けたんだそうだ」

河岸の先の武家地にはいると、左手がお堀で右手は長々と塀がつづくお屋敷になる。ときに火除け地もあって人家が少なく、寂しい界隈だ。

出るときには明るかったので提灯《ちょうちん》も持っていない。怖くなって、ほとんど駆けるようにして先を急いだが、一ツ橋御門をすぎたところで男に襲われたという。

「いきなりうしろから抱き止められ、首を絞められたんだってさ。必死に抗《あらが》ううちに手が簪にあたったんで、抜きとって首を絞めつける腕に刺したんだと」

するとと悲鳴と同時に腕がほどけた。

「それってんで懸命に走って、相手を引き離したところで、火除け地の草むらにしゃがみ込んだって。そのまま時がすぎるのを待ったそうだ。暗闇の中だから、じっとしてりゃわからなかっただろうよ」

「へえ。なかなか智恵がはたらくじゃないの」

「ま、もともと賢い子なんだろうな」

「でも、それって遺産とは関わりないでしょうに」

「ところがな、襲ってきた男は『おふさ、観念しろ』と言ったんだって。だったらただの物盗りや追い剝ぎじゃねえよな」

まあ、とおみつが息をのんだ。

「おそらく牛込を出たときから跡をつけていて、襲う機会をねらっていたにちがいねえ。おれに断られて、遺産そのものをあきらめようかとも考えていたそうなんだが、向こうさんのやり方があまりにも汚いから、やはり白黒をつけてやろうって考えたんだと」

襲われたことで、負けてなるかと逆に闘志が湧いたのだ。

「それで、一旦は自分の家に向かったんだが、ふと気づいたんだそうだ。牛込の家はあちら側に知られてしまっているし、さっきの男が仕返しに来ないとはかぎらない。いや、怪我をさせたのだから、きっと来るだろうって」

「まあ、そうかもねえ」

おみつはうなずいた。

「そこで番屋に駆け込もうとしたけど、番屋じゃあ何の解決にもならねえだろ。遺産の件に決着をつけないかぎり、男はまた襲ってくるんだからな」

「で、あんたを頼ったっていうの」

「ま、そういうことだな。だけどおめえが怒鳴ったからさ」

「あれで怒鳴らない女がいたら、お目にかかりたいね！　江戸中捜したらひとりやふたりはいるかもね」

ふくれっ面になったおみつを、時次郎はまあまあとなだめ、つづけた。

「仕方がねえから、娘仲間が嫁いでいる駒込の長屋に転がり込んだそうだ。あとで万代屋の手先が長屋を荒らしたんだから、いい勘をしていたってことだろうな」

そしてすべてを自分で解決する覚悟をきめて、根付をもっている土佐屋に日参し、返してくれるよう申し入れていた。だが連日のことに土佐屋もてあまして会ってくれなくなったので、会ってくれるまで粘るつもりで店先にじっと立っていたのだという。

あの日、おきせが見つけたのは、そんなおふさだった。

「ふうん。で、あの子、もう立ち直ったの？」

「襲われたのが応えてるみたいで、まだ暗い顔をしてるがな、まあ日《ひ》にち薬《ぐすり》だろうよ」

印形がある以上、おふさは遺産を受けとることができる。

万代屋の内情は複雑で、素直に深川の家と金三十両を渡すかどうかわからないが、書置がある以上、なんとかなるだろう。おふさの面倒は町名主と家主がしっかりみてくれるようだ。

もし揉めたら、時次郎の出番があるかもしれないが、そのときはそのときだと思っている。

「そう。じゃあ心配しなくていいのね」

「ああ。わかったら、もう機嫌を直してくれるな」

「仕方ないねえ」

おみつは頬を桜色に染めて、時次郎を見詰めた。

「こんな男を旦那にしちまったんだから、あきらめるしかないってね。もう矢でも鉄砲でももってこいってのさ」

「はは、そう。あきらめが肝心だ」

時次郎もぐいと盃《さかずき》をあけた。

「でもさ、あの子、本気だったよ」

おみつはしみじみと言う。

「何が」

「あの夜、あんたに抱きついたときさ。本気で身体を張って、たらし込もうとしてたね」

「おい、よせよ」

「いいや、あたしにはわかった。この娘は本気だって。だからかちんときたんだよ」

「相手は十七歳だぜ。そんなこと……」

「そんなこと、あるんだよ。あんたにはわからないだろうけど、女のあたしにはわかるね」

「おいおい」

おみつをもてあましながらも、時次郎もあのときのことを思い出していた。たしかに尋常な迫力ではなかった。十七歳の娘でも、自分の身体を張って必死で戦っていたのだろうか。だが、おみつの言うように、たらし込むというのは違う気がする。

「本気というより、あの子は父親が恋しかったんじゃねえのか」

「え？」

「あのな、母と自分を捨てた父親を憎んでいたところに、思いがけなく遺産分けの話がきた。ひどい父親だと思っていたのに、やはり自分たちのことを心配してくれていたんだって思うと、父親がにわかに恋しくなった。で、つい年の離れたおれにだな」

「父親のように甘えたってての？　馬鹿なこと言ってんじゃないよ」

おみつは時次郎の見解を一蹴し、早口でまくし立てた。

「とにかく、あんたには虫がつきやすいからね。だから早く子供を作ろうって言ってるの！」

「やはりそこに行くのかよ」

時次郎は苦笑した。

「あたりまえよ。さ、明日にでも亀戸の頓宮さんへお参りに行こうね」

おみつは艶然《えんぜん》と微笑んだ。その前で時次郎はかすかに首をかしげ、ぼそりと言った。

「おれは、おめえさえいりゃあ、いいんだが」

微笑みはそのままに、おみつは一瞬、目を見開いた。時次郎はつづけた。

「けど、子供が嫌いってわけでもねえ。天気次第だが、行ってみるか」

言い終わって恥ずかしくなり、えへんと咳払いをして徳利を持ちあげたが、酒を注《つ》ごうとすると白い手が伸びてきて徳利をとりあげられた。

おやと思う間もなく、溶けるような笑みを浮かべて、おみつがにじり寄ってきた。

「じゃあ約束ね」

小指をさしだしてくる。

「あのなあ、子供じゃあるまいし」

苦笑しながら、おみつの肩を抱き寄せた。あれ、なにするんだい、とおみつが声をあげるが、時次郎の唇がその口をふさいだ。

衣擦《きぬず》れの音とおさえた息づかいが、夏虫の声に重なった。畳におかれた徳利がかすかに震えている。

夏の夜ははじまったばかりだった。

解説

末國善己

岩井三四二は、成果主義が導入され過酷な競争にさらされている現代のビジネスパーソンを、武功をあげれば一国一城の主になるのも夢ではなかったが、失敗すれば死が待ち受けていた戦国乱世の武士に重ねた『あるじは信長』『とまどい関ヶ原』などの作品で人気を集めている。その一方で、室町時代を舞台に、ある村が領地争いを裁判で解決しようとする松本清張《まつもとせいちょう》賞受賞の法廷サスペンス『月ノ浦惣庄公事置書《そうしょうくじのおきがき》』、荘園の代官になった僧の清佑《せいゆう》が、村で起こるトラブルを解決する中山義秀《なかやまぎしゅう》文学賞受賞作の『清佑、ただいま在庄』など、時代ミステリの名作も数多く発表している。本書『むつかしきこと承り候』も、時代ミステリの系譜に属する作品である。

捕物帳や時代劇の影響もあって、江戸時代の公事（裁判）といえば、与力や同心が捕縛《ほばく》した殺人犯、窃盗犯などを裁く吟味筋と呼ばれる刑事事件が有名だが、町奉行所では、現在と同じように借金の取り立てや商売上の紛争を裁定する出入筋といわれる民事も扱っていた。依頼を受け、出入筋の公事に勝つための指南をしている時次郎を主人公にした本書は、江戸時代の民事裁判を題材にした珍しい作品なのである。

時次郎は、公事のため地方から江戸へ出てきた人を泊め、訴訟の手助けもする公事宿「佐原屋」で奉公し、法の裏表を学んだ。やがて主人の娘おみつと恋仲になった時次郎は、別の縁談が進んでいたおみつと駆け落ち。先代が死に、おみつと仲のよい弟が跡を継いだことで許された時次郎は、おみつと薬屋「天竺屋」を始めた。

時次郎は、医薬に役立つ動植物を見つけるために分類、研究する本草学に興味を持っていた。趣味が高じて薬屋の主人になった時次郎は、和漢の薬では飽き足らず、オランダの医薬品にも関心を持ち始めた。そこで珍しい薬草を買ったり、蘭語と蘭学を学びに長崎へ行く費用を稼いだりするため、公事の手伝いを始めたとされている。

だが江戸時代に公事に必要な書類の作成、あるいは訴訟戦略の助言が許されていたのは、江戸の町人なら町名主、地方から来た人なら公事宿だけだった。卓越した法律の知識を持ちながら、公的には公事に関与できない時次郎は、出入師（もしくは公事師）と呼ばれた非公認の存在、現代的にいえばもぐりの凄腕《すごうで》弁護士なのである。

農民や町人といった下々の者が、為政者たる武士を煩わせるのはけしからぬと見なされていた江戸時代、民事上のトラブルは、当事者で話し合って解決するのが原則だった。当事者の交渉が決裂した時は、町名主、村名主が乗り出して調停を行い、それでも解決がつかない案件だけが奉行所へ持ち込まれた。ただ公事を起こすと、身元保証人の大家、名主と共に奉行所へ行かなければならず、同行者の宿泊代、食事代はすべて当事者が負担しなければならない。また、公事は判決が出るまでには何年もかかることがあるので、莫大《ばくだい》な費用がかかったのだ。

そのため公事で白黒付けるよりも、多少、不利な条件でも内済《ないさい》（示談）にするケースが多かったようだ。つまり、時次郎に救いを求める依頼人のように、公事でトラブルを解決すると決断したのは、それだけ怒り、恨みが大きいことを意味している。こうした難しい案件に挑むだけに、時次郎は思わぬ苦労を強いられることになる。

「不義密通法度の裏道」は、巻頭の作品らしく江戸時代の公事の進め方などを説明しながら進むが、事件そのものは相当に込み入っている。古手（古着）問屋を営む長蔵が、取り引き先の滝田屋の妻おすみと不義密通をしたとして、主人の半右衛門におすみともども殺された。だが長蔵の妻おきせは、半右衛門は滝田屋の売掛金を踏み倒すため、密通にみせかけて長蔵を殺したので、売掛金を回収し、半右衛門を人殺しとして告発して欲しいという。現代でも、例えば飲酒ひき逃げ事件で肉親を殺されたのに、時間が経って捕まったので警察が飲酒を立証できなかった場合、民事裁判で賠償金は取れても、それを刑事事件の再捜査に繋《つな》げるのは難しい。おせきの依頼もこれと似ている厄介な公事なのだが、時次郎は、おせきにお白洲である一言を話せば有利になると助言する。複雑な事件が、一点を衝《つ》くだけで解きほぐされていくカタルシスは、ミステリの醍醐味《だいごみ》そのものといっても過言ではない。

「白洲で晴らすは鰻の恨み」では、現代でいえば占有屋がからむ不動産取引きが描かれる。銚子の干鰯《ほしか》問屋・白田屋弥右衛門が、堺町の芝居茶屋「笹雪屋」を茶屋株ごと買った。ところが、代金を五十両の即金で払ったのに、前の住人は「今出たら野垂れ死にする、もう少し待ってくれ」といって茶屋に居座り続けた上に、五十両の返金にも応じず、十両の内済金で勘弁して欲しいという。完璧な犯罪計画を誇り、高級な鰻を食べて弥右衛門と時次郎を挑発するほど「笹雪屋」がしたたかなだけに、もてる知識を総動員して、時次郎が悪党を追い詰めていく終盤が痛快に思えるはずだ。

大島村の茶屋に、十数人の無宿人が押し込み、泊まっていた別の無宿人を殺し、家人を脅して家探しをした。その無宿人たちは捕り方が大乱戦の末に捕縛したが、思わぬ問題が浮上した。大島村の留吉は、茶屋で殺された被害者をお上に無断で埋葬し、さらに茶屋を経営していた兄の熊蔵が逐電したので、熊蔵は無宿人の一味と疑われ差紙（呼び出し状）が出されたのだ。時次郎が、熊蔵の行方を追う「下総茶屋合戦」は、事件の背後に無宿人がいて、単純な人探しが思わぬ大騒動になるので、ハードなクライムノベルとなっている。

「漆の微笑」は、現代でいうクレーマーが題材といえる。太物《ふともの》（綿・麻の織物）問屋の「播磨屋」が大切にし、古物商が三十両の値をつけた仏像の顔が、番頭のミスで焼け焦げてしまった。仏師の勝慶が修理を依頼されたが、修繕後の仏像は顔が変わったとクレームがついたのだ。何度、手直ししても「播磨屋」は納得せず、奉行所に訴え出る。しかも奉行所は、信心深い「播磨屋」を褒め、勝慶に先方が納得するまで修理することを命じる可能性も出てきたのだ。

この作品は、仏像修復のプロセスが丁寧に紹介されていくので、技術小説的な面白さがある。その技術解説は単なるペダントリーではなく、焼け焦げた仏像を〝顔のない死体〟になぞらえた秀逸なトリックに繋がるので、ミステリとしても完成度が高い。読者を油断させた先に待ち受けるどんでん返しにも、驚かされるだろう。

時代ミステリの歴史は、旗本屋敷にずぶ濡れの女の幽霊が現れる岡本綺堂《おかもときどう》『半七捕物帳』の第一話「お文の魂」から始まる。そのため時代ミステリには、怪談めいた謎を描く作品が多い。「呪い殺し冥土の人形」も、間違いなくその一つである。

地廻りの米問屋を営む亭主が亡くなって十二年、店は息子と嫁が切り盛りし、楽隠居をしているおよねが、息子が呪い殺されたので訴えたいと、相談してきた。それに加え、誰が呪術をかけたのか分からないので、犯人を探して欲しいというのだ。

現代の刑法では、呪術で人を殺すため丑《うし》の刻《こく》参りなどをしても、それが人を殺す効力はないので、未遂にも相当しない不能犯とされる。今より神仏や狐狸妖怪《こりようかい》が信じられた江戸時代でも、合理的な判断をする奉行所が、呪術を真面目に議論するなどありえなかった。本書には、時次郎が法律の知識を使って難事件に挑む作が多いが、「呪い殺し冥土の人形」は、本草学を得意とする時次郎が、オカルトめいた謎に科学的知識を使ってアプローチしていくギャップが面白い。被害者の死体の状況を聞き、その状態から死の真相を推理する展開は一種の検死であり、この作品は江戸の科学捜査を描いたところも評価できる。時次郎は、恐らく江戸時代に刊行された法医学書『無冤録述《むえんろくじゅつ》』に基づいて推理をしており、著者の時代考証の確かさもうかがえる。

「内藤新宿偽の分散」は、偽装倒産した企業からの債権の取り立てが描かれる。七年前、椀屋の「辰巳屋」が資金難で分散（破産）した。破産後の処理は現代と変わらず、負い手（債権者）が話し合って、残った財産を分割するのだが、当然ながら貸した金の何割かしか戻ってこない。その「辰巳屋」が、隠した財産を弟に渡し、内藤新宿で太物屋を経営させている疑惑が持ち上がり、時次郎は債権回収を頼まれる。

現代でも、計画的に財産を隠す偽装倒産を見抜くのは難しいとされる。時次郎も同じで、事前に犯人も犯行の手口も分かっているのに、偽装倒産を証明する手段がないため苦戦を強いられる。一見すると完全犯罪としか思えない事件を、時次郎がどのように崩すかに主眼を置いたところは、倒叙《とうじょ》ミステリといえるかもしれない。

最終話「根付探し娘闇夜の道行」は、奉行所が、江戸の法律では許されない出入師をしている時次郎の監視を始めるなか、当の時次郎は、質屋に入れた根付が流れてしまい、既に別人の手に渡ってしまったが、根付は他人から借りた物なので取り戻して欲しいという娘おふさの、無茶な依頼に振り回されることになる。

本書には、法解釈を使って敵を追い込む法廷もの、犯人のトリックを暴く本格ミステリ、裏社会がからむクライムノベル、犯人と探偵の頭脳戦を描く倒叙ものと、ミステリのあらゆるジャンルが網羅されている。しかも時次郎が理詰めで犯人を追い詰めることもあれば、大掛かりな策略をめぐらし犯人を罠に落とすこともあるので、謎解きのバラエティも豊かなのだ。それだけに、最後までスリリングな展開が楽しめるはずだ。

また、ミステリの仕掛けを成立させるために、マニアックな時代考証を使っているのも見逃せない。現代では軽い罪なのに江戸時代は重罪だった犯罪、身分によって泊まる宿が決まっていた当時の宿泊の実態、まじないや呪術を行う修験者、陰陽師《おんみょうじ》、願人坊主《がんにんぼうず》がどのような職能集団だったかなど、時代小説にはよく登場するのに知っているようで知らない江戸の職業や文化、風俗が活写されているので、時代小説ファンも満足することだろう。

その意味で本書は、江戸時代でしか成立しない謎解きを作ったといえるのである。作中で描かれる事件は、占有屋や偽装倒産といった現代とも共通する社会問題が関係していたり、幸福そうに見える夫婦や家族の秘密を暴いたりする。過去を舞台にしたとは思えないリアリティには、恐ろしさを感じるかもしれない。

難事件を快刀乱麻に解決する時次郎だが、決してスーパーヒーローではない。本草学が好き過ぎて、オランダの高価な薬を買い、長崎留学の夢を語る時次郎だが、女房のおみつは、危険な出入師までして趣味のような蘭学に熱中する夫が理解できない。一方で、時次郎は、子供を欲しがり、一緒に旅行をするなど夫婦の時間を長く持ちたいと考えるおみつの気持ちがくみ取れないでいる。趣味に走る夫と、いつまでも浮ついた夢を語る夫に手を焼く妻の構図は、現代でも珍しくないので、仲はいいのにすれ違い気味の時次郎とおみつに、我が身を重ねる夫婦も多いのではないだろうか。さりげなくではあるが、心の機微を的確に描いた本書には、優れた市井人情もののエッセンスが盛り込まれていることも、忘れてはならない。

（すえくに・よしみ　文芸評論家）

本書は、二〇一三年二月、集英社より刊行されました。

初出誌「小説すばる」
不義密通法度の裏道　二〇〇九年二月号（「不義密通一件」を改題）
白洲で晴らすは鰻の恨み　二〇〇九年八月号（「茶屋株出入一件」を改題）
下総茶屋合戦　二〇一一年十月号（「死体隠匿吟味一件」を改題）
漆の微笑　二〇一〇年一月号（「菩薩修繕出入一件」を改題）
呪い殺し冥土の人形　二〇一一年一月号（「呪殺吟味一件」を改題）
内藤新宿偽の分散　二〇一二年六月号（「分散配分出入一件」を改題）
根付探し娘闇夜の道行　単行本書下し

集英社文庫　目録（日本文学）

井上夢人　the TEAM ザ・チーム
井原美紀　リコン日記。
今邑彩　よもつひらさか
今邑彩　いつもの朝に(上)(下)
今邑彩　鬼
岩井志麻子　邪悪な花鳥風月
岩井志麻子　悦びの流刑地
岩井志麻子　偽《ウェイ》偽《ウェイ》満《マン》州《ジョウ》
岩井志麻子　瞽《ご》女《ぜ》の啼く家
岩井三四二　清佑《せいゆう》、ただいま在庄《ざいしょう》
岩井三四二　むつかしきこと承り候　公事指南控帳
宇江佐真理　深川恋物語
宇江佐真理　斬られ権佐
宇江佐真理　聞き屋与平　江戸夜咄草
宇江佐真理　なでしこ御用帖
植田いつ子　布・ひと・出逢い　美智子皇后のデザイナー　植田いつ子

植西聰　人に好かれる100の方法
植西聰　自信が持てない自分を変える本
植西聰　運がよくなる100の法則
植松三十里　お江《ごう》流浪の姫
植松三十里　大奥延命院醜聞　美僧の寺
植松三十里　大奥秘聞　綱吉おとし胤
植松三十里　リタとマッサン
内田春菊　仔猫のスープ
内田康夫　浅見光彦を追え　ミステリアス信州
内田康夫　浅見光彦豪華客船「飛鳥」の名推理
内田康夫　軽井沢殺人事件
内田康夫　「萩原朔太郎」の亡霊
内田康夫　北国《ほっこく》街道殺人事件
内田康夫　浅見光彦　四つの事件　名探偵と巡る旅
内田康夫　浅見光彦　新たな事件　天河・琵琶湖・善光寺紀行
内田康夫　名探偵浅見光彦のニッポン不思議《ミステリアス》紀行

内館牧子　恋愛レッスン
宇野千代　生きていく願望
宇野千代　普段着の生きて行く私
宇野千代　行動することが生きることである
宇野千代　恋愛作法
宇野千代　私の作ったお惣菜
宇野千代　私の幸福論
宇野千代　幸福は幸福を呼ぶ
宇野千代　私の長生き料理
宇野千代　私何だか死なないような気がするんですよ
宇野千代　薄墨の桜
冲方丁　もらい泣き
海猫沢めろん　ニコニコ時給800円
梅原猛　神々の流《る》竄《ざん》
梅原猛　飛鳥とは何か
梅原猛　日常の思想

集英社文庫

むつかしきこと承《うけたまわ》り候《そうろう》 公事《くじ》指南《しなん》控帳《ひかえちょう》

2015年12月25日 第1刷　　定価はカバーに表示してあります。

著　者　岩井《いわい》三四二《みよじ》

発行者　村田登志江

発行所　株式会社 集英社

東京都千代田区一ツ橋2-5-10　〒101-8050
電話　【編集部】03-3230-6095
【読者係】03-3230-6080
【販売部】03-3230-6393（書店専用）

印　刷　凸版印刷株式会社

製　本　凸版印刷株式会社

フォーマットデザイン　アリヤマデザインストア　　マークデザイン　居山浩二

ISBN978-4-08-745395-9 C0193